U0458736

晋风词韵

JINFENG CIYUN

LIANGDAZHI ZHU

梁大智 著

山西出版传媒集团
山西人民出版社

梁大智　山西文水人。法律专业研究生。中华诗词学会会员，中国民俗摄影协会会员，山西省作家协会会员，山西省诗词学会理事，吕梁市作家协会副主席。曾在《短篇小说》、《南方文学》、《黄河》、《山西文学》、《火花》、《红豆》、《微型小说精选》、《小小说选刊》、《短篇小说选刊》、《诗选刊》、《山西日报》等多家报刊发表小说、诗歌、散文等文学作品；有作品被收入《当代小小说名家珍藏》、《中国当代微型小说大观》以及美国哥伦比亚大学出版社英文版《喧闹的小麻雀：中国当代小小说选》；出版有《残雪消融》、《清河流淌》、《踏月寻梦》、《疏影沉香》等十余部著作。曾获全国首届“浩歌杯”乡土文学奖。

目 录

综述 风韵山西

第一辑 锦绣太原

第二辑　古都大同

第三辑　生态阳泉

第四辑 上党长治

第五辑 经典晋城

第六辑　塞北朔州

第七辑　福地忻州

第八辑　揽胜晋中

第九辑　英雄吕梁

第十辑　尧都临汾

第十一辑　魅力运城

综述　风韵山西

王莽岭/山西·晋城　　李福龙/摄

步月　咏山西

圣地山西，太行东岳，吕梁西倚巍巍。史彪华夏，三晋展英姿。物之博、资源富集，墨客聚、人杰雄奇。黄河势、文明远古，汾水碧流溪。

馨霏。云起处，显忠烈浩气，良义魂魁。祖遗文址，犹誉达心怡。看煤海、乌金耀眼，觅酒乡、佳酿飘菲。徜徉去，春风涌动正当时。

步月：双调，九十六字。前段九句四平韵，后段十句五平韵。另有仄韵体。

仄仄平平，仄平平仄，仄平平仄平平[韵]。仄平平仄，平仄仄平平[韵]。仄平仄、平平仄仄，仄仄仄、平仄平平[韵]。平平仄、平平仄仄，平仄仄平平[韵]。

平平[韵]。平仄仄，仄平仄仄仄，平仄平平[韵]。仄平平仄，平仄仄平平[韵]。仄平仄、平平仄仄，仄仄平、平仄平平[韵]。平平仄，平平仄仄仄平平[韵]。

链接：山西省，地处黄河中游、黄土高原东部，矿产资源极为丰富。历史悠久，人文荟萃，是中华民族的发祥地之一，拥有丰厚的历史文化遗产。迄今为止有文字记载的历史达三千年之久，素有“中国古代文化博物馆”之美称。传说中的中华民族始祖黄帝、炎帝都曾把山西作为活动的主要地区。中国史前三大伟人尧、舜、禹，也是在山西境内建都立业。山西，是厚重的黄河文化的主要代表之一。

五台山/山西·忻州　　齐峰/摄

第一辑

锦绣太原

夏云峰　咏太原

晋阳秋。并州府、尧唐都史悠悠。难老圣泉翻浪，玉露长流。晋祠灵脉，西望去、岭壑连丘。却又见、天龙石窟，峡谷牵沟。

凌霄双塔神酬。映清波、晋阳湖里渔舟。汾水碧波万顷，沃野田畴。钢城犹在，深巷处、陈醋酸幽。那面食、味香妙绝，誉满神州。

夏云峰：双调，九十一字。前后段各八句，五平韵。

◎◎平[韵]。◎◎仄、◎◎◎仄平平[韵]。平仄仄平◎仄，仄仄平平[韵]。仄平平仄，◎仄仄、仄仄平平[韵]。◎仄仄、平平仄仄，◎仄平平[韵]。

◎平◎仄◎平[韵]。仄平◎、仄◎平仄平平[韵]。平仄仄平仄仄，仄仄平平[韵]。◎平平仄，平仄仄、◎仄平平[韵]。◎仄仄、◎平仄仄，◎仄平平[韵]。

链接：太原，山西省省会，简称并。相传为唐尧故地，汉代为并州刺史部治所。古称晋阳，亦称“龙城”。濒临汾河，三面环山，自古就有“锦绣太原城”的美誉。是一座具有2500余年建城历史的文化名城，是中国北方著名的军事、文化重镇和闻名世界的晋商都会。境内有闻名遐迩的晋祠、永祚寺（双塔寺）、天龙山石窟、崇善寺等众多名胜古迹。难老泉为“晋祠三绝”之一，泉水清澈见底，长流不息。

城市远眺/山西·太原　梁铭/摄

永祚寺双塔/太原·迎泽　　梁铭/摄

月华清　咏迎泽

柳巷钟楼，桥东双塔，底蕴深厚悠远。迎泽南门，馥郁古城风婉。寺庙聚、名胜云天，老字号、贸商集显。崇善。伴清真永祚，晋阳秋卷。

飞阁栈桥楼畔。见吕祖园林，纯阳宫殿。红土白云，开化汉封香愿。天光蔽、棋布星罗，地脉发、作坊林现。碑典。看唐槐千岁，又飞春燕。

月华清：双调，九十九字。前段十句五仄韵，后段十句六仄韵。

◎仄平平，平平平仄，仄◎平◎平仄[韵]。◎仄平平，仄仄仄平平仄[韵]。◎◎仄、◎仄平平，◎仄仄、◎平◎仄[韵]。◎仄[韵]。仄平平◎仄，◎平◎仄[韵]。

◎仄◎平◎仄[韵]。仄仄◎◎平，◎◎平仄[韵]。◎仄平平，◎仄◎平平仄[韵]。◎◎仄、◎仄平平，◎仄仄、◎平◎仄[韵]。◎仄[韵]。仄平平◎仄，◎平◎仄[韵]。

链接：迎泽区历史底蕴深厚，是宋建太原古城的重要组成部分，可上溯千年以前的唐明古镇。区内有永祚寺双塔、白云寺、崇善寺、纯阳宫、文庙、状元桥、开化寺、文昌阁、古清真寺等名胜古迹。古清真寺里省心楼的左右碑亭，有黄庭坚的草书和傅山的题铭等碑刻。纯阳宫是太原古代建筑群和园林建筑中的一颗明珠，有单檐歇山的吕祖殿、飞阁栈桥的八卦楼，拾级登楼，尽览古城风貌。

彩云归　咏杏花岭

龙潭卧虎北城墙。进山楼、五福城隍。当晋王府上花园盛，坡岭畔、杏树茫茫。静寻觅、翠丝枝绿，又丹红掩香。战火恨、伐林荒木，满目疮伤。

晨阳。坡平岭去，聚民心、体育新场。五区并重，相映成趣，惠利同祥。产业雄、机车悦目，国贸华宇赢商。情牵处，敦化三桥杏岭辉煌。

彩云归：双调，一百零一字。前段八句五平韵，后段十句五平韵。

平平仄仄仄平平[韵]。仄平平、仄仄平平[韵]。平仄平仄仄平平仄，平仄仄、仄仄平平[韵]。仄平仄、仄平平仄，仄平平仄平[韵]。仄仄仄、仄平平仄，仄仄平平[韵]。

平平[韵]。平平仄仄，仄平平、仄仄平平[韵]。仄平仄仄，平仄平仄，仄仄平平[韵]。仄仄平、平平仄仄，仄仄平仄平平[韵]。平平仄，平仄平平仄仄平平[韵]。

链接：杏花岭原本是一个花园林苑的名称，是诞生于五六百年之前的明晋王府花园之一。当时的杏花岭，确实是有坡有岭，遍植杏树，令人赏心悦目，堪称太原城中的园林之最。可惜，这块风水宝地葬送在战火之中。现杏花岭区内有龙潭公园、卧虎山公园（动物园）、城隍庙、钟鼓楼、关帝庙、进山楼、五福庵等旅游景点和文物古迹。

龙潭公园/太原·杏花岭　　武涛/摄

桂枝香　咏尖草坪

汾河一曲。正纵贯南流，阡陌沟谷。冲积平原土石，翠陵丘麓。上风上水龙城北，望平畴、村滩肥沃。太钢经济，高科信息，赶超提速。

小商品、繁华竞逐。叹洌石寒泉，崛嵋红簇。积雪天门，怪柏土堂香馥。汾河晚渡霞光醉，伴西山暮云凝绿。黄龙古洞，月牙新天，碧珠遗玉。

汾河湿地/太原・尖草坪　梁铭/摄

桂枝香：双调，一百零一字。前后段各十句，五仄韵。

◎平◎仄[韵]。仄◎仄◎平，◎◎平仄[韵]。◎仄平平仄仄，仄平平仄[韵]。◎平◎仄平平仄，仄平平、◎◎平仄[韵]。仄平平仄，◎平◎仄，◎平平仄[韵]。

仄◎◎、平平仄仄[韵]。仄◎仄平◎，◎◎平仄[韵]。◎仄平平，◎仄仄平平仄[韵]。◎平◎仄平平仄，仄平平◎◎平仄[韵]。◎平◎仄，◎平◎◎，仄平平仄[韵]。

链接：尖草坪区处于太原市上风上水的最北端，汾河纵贯南北，两岸拥有肥沃的滩土。是明清时代著名书法家、医学家傅山先生的故乡。区内形成了以不锈钢工业园为龙头的高新产业，以小商品批发市场为龙头的第三产业。历史文物古迹众多,其中崛嵎红叶、冽石寒泉、天门积雪、土堂大佛、窦大夫寺、多福寺和耄仁寺等饮誉三晋，久负盛名。

凤归云　咏万柏林

望云中，绿林万柏缀西郊。宝地隐乾，依岸乐逍遥。风景龙山，名胜寺殿，雀鹭落松梢。又是晓鸡声处，悠悠阡陌，四通环路迢迢。

游园生态，度假神堂，龙泉古刹，汾水新池，五岭关山倚、塔楼高。唐韵流溪，四季常涌，饮马伴烟硝。锦绣玉门犹在，一湖荷月，彩虹新架漪桥。

凤归云：双调，一百零一字。前段十句四平韵，后段十一句三平韵。

仄平平、仄平仄仄仄平平[韵]。仄仄仄平，平仄仄平平[韵]。平仄平平，平仄仄仄，仄仄仄平平[韵]。仄仄仄平平仄，平平平仄，仄平平仄平平[韵]。

◎平平仄，仄仄平平，◎平◎仄，平仄平平，仄仄平平仄、仄平平[韵]。平仄平平，仄仄◎仄，仄仄仄平平[韵]。仄仄仄平平仄，仄平平仄，仄平平仄平平[韵]。

链接：万柏林区是太原的西大门，地处风景秀丽的汾河西畔。区内有神堂沟度假村、汾河城西段绿化美化带等景观。古刹龙泉寺坐西朝东，背靠雄伟的大关山，面临悠悠的汾河水。传说唐王李世民曾以山脚下四季常涌的泉水洗浴战马，后夺天下，成为真龙天子，泉水因此得名“龙泉”。随后在此山建寺一座，名为“龙泉寺”，寺院为五岭所环抱，素有“小五台”之美誉。

中国（太原）煤炭交易中心/太原・万柏林　　王彦军/摄

晋祠圣母殿/太原·晋源　　张杰/摄

晋祠鱼沼飞梁/太原·晋源　　张杰/摄

水龙吟　咏晋源

西依峦叠龙山脉，东傍长流汾水。承文继武，唐王都邑，晋阳故地。悬瓮清幽，晋祠缘远，雄浑雅致。赏难老晋泉，苍松周柏，阁楼处、碑亭记。

往事云飞烟起。晋之源、风光旖旎。天龙石窟，蒙山大佛，古城遗址。碧玉清潭，物华天宝，稻香千里。念浮舟响鼓，河川晴晓，层林凝翠。

水龙吟：又名丰年瑞、鼓笛慢、龙吟曲、小楼连苑、庄椿岁。双调，一百零二字。前段十一句四仄韵，后段十一句五仄韵。

◎平◎仄平平仄，◎仄◎平平仄[韵]。◎平◎仄，◎平◎仄，◎平◎仄[韵]。◎仄平平，◎平◎仄，◎平◎仄[韵]。仄◎◎◎◎，◎平◎仄，◎平仄、平平仄[韵]。

◎仄◎平◎仄[韵]。仄平平、◎平◎仄[韵]。◎平◎仄，◎平◎仄，◎平◎仄[韵]。◎仄◎平，◎平平仄，仄平平仄[韵]。仄平平仄仄，平平◎仄，◎平平仄[韵]。

链接：晋源区是三晋文明的发源地之一，这里曾是赵国初都、北齐别都、唐北都以及后唐、后汉、后晋等国的都城，曾造就出李世民、王昌龄、白居易等一大批历史文化名人，被誉为“唐之根、晋之源”。历史遗存丰厚，有文物古迹晋祠、龙山石窟、古晋阳遗址、天龙山石窟和明秀寺等文物古迹。蒙山、太山、龙山、天龙山、悬瓮山五大名山和晋阳湖等镶嵌其中。

燕山亭　咏小店

西倚汾河，东临鏊陵，璀璨辉煌时候。南农北商，密集高新，武宿航空枢纽。西进南移，提品质、扩容前奏。描绣。看幢幢高楼，去探星斗。

天枢北辰宫殿，正烟缭雾绕，帝君神佑。窑子古槐，卧龙碑文，关圣佛光依旧。辛亥当年，举义起、狄村军骤。欢酒。今蓄势、明珠更秀。

燕山亭：又名宴山亭。双调，九十九字。前段十一句五仄韵，后段十句五仄韵。

◎仄平平，◎◎仄◎，◎仄平平平仄[韵]。平仄仄平，仄仄平平，◎◎◎平平仄[韵]。◎仄平平，◎◎仄、◎平平仄[韵]。平仄[韵]。仄◎◎◎◎，仄平◎仄[韵]。

平◎◎◎平◎，仄平◎◎◎，◎平平仄[韵]。◎仄◎平，◎◎平◎，◎◎仄平平仄[韵]。◎仄平平，◎仄仄、◎平平仄[韵]。平仄[韵]。平仄仄、平平◎仄[韵]。

链接：小店区是太原辛亥革命举义地，同盟会策划新军在城外狄村军营的大操场上起义。现在是太原市“南移西进、扩容提质”城市发展战略的主要扩张区域。文物古迹有圣安多尼教堂、北极宫、卧龙庙碑、窑子上村的古槐、佛光禅寺等。境内有全省最大的航空港——太原武宿机场和国家级太原高新技术产业开发区。

空港夜景/太原·小店　　梁铭/摄

曲江秋　咏古交

千峰石绝。见岭掩岗围，水流云猎。谷壑纵横，层峦叠起，潺潺汾河越。林海碧涛烈。山环峙，溪清澈。天地乾坤，金牛劲顶，古今雄杰。

望月。民间艺侠。舞狮子、秧歌鼓接。英贤凝荟萃，盈盈石器，铜剑留霜雪。壁画绘神州，春来仙洞蓬莱歇。试心石，庄园亭楼，旖旎古交闻悦。

古交风光/太原·古交　李广洁/摄

曲江秋：双调，一百零一字。前段十二句六仄韵，后段十一句六仄韵。

平平仄仄[韵]。仄◎仄◎平，◎平平仄[韵]。◎仄仄平，平平仄仄，◎◎平平仄[韵]。平仄仄◎仄[韵]。◎平仄、平平仄[韵]。◎仄◎平，平平仄◎，仄平平仄[韵]。

◎仄[韵]。平平仄仄[韵]。仄平仄、平平仄仄[韵]。◎平平仄仄，平平◎仄，平仄平平仄[韵]。仄仄仄平平，平平◎仄◎平仄[韵]。仄◎仄，平平◎平，仄仄仄平平仄[韵]。

链接：古交市地形复杂，峰峦叠嶂，沟谷纵横，狐偃山、石千峰等千米以上的山峰就有70余座，汾河由西向东横贯全市。民间艺术有铁棍、旱船、竹马、花鼓、舞狮子、秧歌踩街等。“金牛劲顶”的民间神奇传说，成为古交城市的象征与标志。境内曾出土两柄战国铜剑，存有石窟碑刻、雕塑造像、壁画彩绘等地方文物。阁上仙洞有相传心善者方能通过的“试心石”。

绛都春　咏清徐

山川胜卷。看梗阳春秋，汾水流远。历史沧桑，清源徐沟汇新县。东湖凌阁楼云苑。小峪寺、泉溪环殿。香岩宝梵，文殊石塔，贯中幽院。

犹见。陈香老醋，水塔牌、打响品牌文翰。走进葡乡，粉蕊琼枝甘甜剪。民间抬阁街头转。背铁棍、遗风韵眷。架火燃旺前程，彩门更绚。

架火/太原·清徐　梁铭/摄

绛都春：双调，一百字。前段十句六仄韵，后段九句六仄韵。

平平◎仄[韵]。仄◎◎◎◎，平◎平仄[韵]。◎仄◎◎，◎◎平◎◎平仄[韵]。◎平◎仄平平仄[韵]。仄◎仄、◎平平仄[韵]。仄平◎仄，◎◎◎◎，仄平◎仄[韵]。

◎仄[韵]。平平仄仄，仄平仄、仄仄◎平平仄[韵]。◎仄◎平，◎◎平平平◎仄[韵]。◎平◎仄平平仄[韵]。仄◎仄、◎平◎仄[韵]。◎◎◎仄平平，仄平仄仄[韵]。

链接：清徐县由清源、徐沟两县合并而成，古称梗阳，是中国古典文学大师罗贯中先生的故乡，素有“葡乡”、“醋都”之称。有清源文庙、狐突庙、宝梵寺、清泉寺（俗称“小峪寺”）、马鸣山、天禄堂、香岩寺、尧庙、东湖等文物古迹和旅游景点。堪称“三晋第一石塔”的唐代建筑文殊石塔屹立在马鸣山顶。有抬阁（徐沟背铁棍）、架火、清徐彩门楼等传统文化。

梦扬州　咏娄烦

忆春秋。问吕梁风色，汾水田畴。战马舞鞭，古国楼烦难休。踏尘临剑雄何处，立郡垣、犹设新州。溪流涌，千年川谷，万山群岭清幽。

黄土丘陵一游。临水库明珠，绿映蓝舟。君宇故居，米峪云烟魂留。悟空出世来云顶，瀑布飞、明月松沟。横亘去，凌仙醉景，高峡风流。

梦扬州：双调，九十九字。前后段各十句，五平韵。

仄平平[韵]。仄仄平平仄，平仄平平[韵]。仄仄仄平，仄仄平平平平[韵]。仄平平仄平平仄，仄仄平、平仄平平[韵]。平平仄，平平平仄，仄平平仄平平[韵]。

平仄平平仄平[韵]。平仄仄平平，仄仄平平[韵]。仄仄仄平，仄仄平平平平[韵]。仄平仄仄平平仄，仄仄平、平仄平平[韵]。平仄仄，平平仄仄，平仄平平[韵]。

链接：娄烦县是中国共产党早期革命活动家、山西党团组织的创始人高君宇的故乡。“周王绘图有楼烦国”，“楼烦”原是一个古老民族或部落的名称，后来演变为地域概念，“楼”也简写成“娄”。从汉初至宋，娄烦一直作为皇家直管的牧马基地，唐时称作“牧马监”，这也是当地有“孙悟空故乡”之称的历史渊源。境内有米峪镇战斗纪念地遗址、汾河水库、关帝山国家森林公园云顶山景区等景点。

高君宇故居/太原·娄烦　梁铭/摄

红芍药　咏阳曲

天门石岭，扼晋关要。赤塘驻兵风烟啸。一曲长河到。云中纵贯去，郭下邑、晋阳雄傲。放眼远望绿茵茵，悠悠坡上青草。

倚石悬泉，觅开花寺庙。不二金元留寺早。聚见龙桥堡。任过路三藏，神奇处、白楼工巧。赏南河、翠绕龙船，古道湖亭寻皎。

红芍药：双调，九十一字。前后段各八句，五仄韵。

平平仄仄，仄仄平仄[韵]。仄平仄平平平仄[韵]。仄仄平平仄[韵]。平平仄仄仄，仄仄仄、仄平平仄[韵]。仄仄仄仄仄平平，平平平仄平仄[韵]。

仄仄平平，仄平平仄仄[韵]。仄仄平平平仄仄[韵]。仄仄平平仄[韵]。仄仄仄平仄，平平仄、仄平平仄[韵]。仄平平、仄仄平平，仄仄平平平仄[韵]。

链接：阳曲县北宋时治所移至太原城西郭外，为郭下县，史称“晋阳首邑”。境内有历代兵家必争之地的天门关、赤塘关、石岭关；有金代建筑不二寺、无梁殿大王庙、悬泉寺、三藏寺、开花寺等建筑精品；有南河公园、龙池山庄、青草坡乡村庄园等旅游项目。三藏寺本称“龙泉寺”，传说唐三藏曾路经此寺，故又得名“三藏寺”。

不二寺壁画/太原·阳曲　梁铭/摄

城市新景/山西·太原　　梁铭/摄

第二辑

古都大同

采莲令　咏大同

古城都，新景新风舞。云门塞、雁留巢处。武灵骑射拓疆田，历历山河固。云冈峪、盈盈石窟，天惊地动，宏音融彻寰宇。

重镇明清，盛世气象乾坤聚。泉流月、壁堂台府。漾河峰洞，润万物、厚积甘霖雨。路桥叠、琼楼耸立，桃源凝醉，隐约几行烟树。

上华严寺/山西・大同　梁铭/摄

采莲令：双调，九十一字。前后段各八句，四仄韵。

仄平平，平仄平平仄[韵]。平平仄、仄平平仄[韵]。仄平仄仄仄平平，仄仄平平仄[韵]。平平仄、平平仄仄，平平仄仄，仄平平仄平仄[韵]。

仄仄平平，仄仄仄仄平平仄[韵]。平平仄、仄平平仄[韵]。仄平平仄，仄仄仄、仄仄平平仄[韵]。仄平仄、平平仄仄，平平平仄，仄仄仄平平仄[韵]。

链接：大同，国家首批历史文化名城，中国九大古都之一，自古为军事重镇和战略重地。赵武灵王“胡服骑射”北破林胡、楼烦。大同具有“三代京华、两朝重镇”的特点，特别是以云冈石窟、悬空寺为代表的北魏文化，以华严寺、善化寺、观音堂、觉山寺塔、圆觉寺塔为代表的辽金文化，以边塞长城、兵堡、龙壁、明代大同府城为代表的明清文化，构成了鲜明的地域文化特色。

腊梅香　咏大同城区

北魏京华，伴汉郡辽都，古城风骤。上下华严寺，见殿堂雄宇，亭台丝柳。善化南楼，金塑佛、山门依旧。白塔朝阳，慈云暮鼓，积文深厚。

龙影舞池波，叹琉璃异彩，九音齐吼。欲出惊涛起，压北海、犹比故宫秀。气势凌空，豪放处、银河琼诱。看我新城，虹飞翠绕，凯歌犹奏。

腊梅香：双调，一百字。前段十一句四仄韵，后段十句四仄韵。

仄仄平平，仄仄仄平平，仄平◎仄[韵]。◎仄平平仄，仄仄平平仄，◎平平仄[韵]。仄仄平平，平仄仄、◎平平仄[韵]。仄仄平平，平平仄仄，仄平平仄[韵]。

平仄仄平平，仄平平◎仄，仄◎平仄[韵]。仄仄平平仄，◎仄◎、平◎仄平仄[韵]。仄仄平平，平仄仄、平平平仄[韵]。仄◎平◎，平平仄仄，◎◎平仄[韵]。

链接：大同城区曾是秦汉名郡，北魏京华，辽、金、元三代陪都，明清重镇。有彰显皇城气象、独具历史魅力的明代古城墙，有代表中国雕塑最高境界的上、下华严寺及善化寺、九龙壁等众多名胜古迹，有法华寺、白塔寺、鼓楼、朝阳寺等古建筑。这些建筑殿宇巍峨，金碧辉煌。大同九龙壁被誉为“九龙壁之首”，比北京北海和故宫的九龙壁都长，建造时间也早。

瑞雪映古城/大同·大同城区　刘玉军/摄

惜秋华　咏大同矿区

万壑苍茫，阅群峦、百里煤田横贯。马武七峰，鸡鸣大钟晨晚。潺潺十里流溪，悠悠口泉河两岸。营苑。看同蒲、滚滚乌金渐远。

灵水绿绒卷。任奇姿溢彩，把雨烟轻剪。天工妙、情韵绝，古云连卷。新平旺景清幽，燕子山、谷深沟满。岩暖。晋华宫、宏图再展。

鸟瞰塔山/大同·大同矿区　赵军/摄

惜秋华：双调，九十四字。前段八句五仄韵，后段九句六仄韵。

仄仄平平，仄平平、仄仄平平平仄[韵]。◎仄仄平，平平仄平平仄[韵]。平平仄仄平平，仄◎仄平平◎仄[韵]。平仄[韵]。仄平平、仄◎平平◎仄[韵]。

◎仄仄平仄[韵]。仄◎◎◎◎，仄仄平平仄[韵]。◎◎仄、◎仄仄，仄平平仄[韵]。平平仄仄平平，仄仄◎、◎平平仄[韵]。平仄[韵]。仄平平、◎平◎仄[韵]。

链接：大同矿区是中国大型煤炭生产基地，号称“百里矿区”。境内主要山脉有七峰山、鸡爪山、大钟山、马武山等；主要河流有口泉河、十里河，均为季节性河流。该区厂矿企业主要分布在口泉—黑流水(口泉沟)、马军营—燕子山(云冈沟)两条狭长的山沟里。全国最大的煤炭企业大同矿务局机关所在地驻矿区新平旺。晋华宫开发了中国第一、亚洲唯一的“井下探秘游”项目。

剪牡丹　咏南郊

绿掩云冈，波连桑水，缀目烟寺琼境。商贾云林，显枢纽驰骋。云中集贸商城，繁华尚在，顶临白马观景。民俗风情，尽歌满山岭。

白登之战遗影。鹿苑寻、翠荫幽径。名寺上华严，精巧阁楼工匠聪颖。武周石窟世无竞。北魏开凿，岩渐巨而并。联咏。见紫烟御笔，天宫月静。

剪牡丹：双调，一百零一字。前段十句四仄韵，后段十句七仄韵。

仄仄平平，平平平仄，仄仄平仄平仄[韵]。平仄平平，仄平仄平仄[韵]。平平仄仄平平，平平仄仄，仄平仄仄平仄[韵]。平仄平平，仄平仄平仄[韵]。

仄平平仄平仄[韵]。仄仄平、仄平平仄[韵]。平仄仄平平，平仄仄平平仄平仄[韵]。仄平仄仄仄平仄[韵]。仄仄平仄，平仄仄平仄[韵]。平仄[韵]。仄仄平仄仄，平平仄仄[韵]。

链接：大同南郊区人文荟萃、民风淳朴，旅游资源得天独厚。现存石窟、佛寺、庙宇、摩崖石刻及旧石器遗址、新石器遗址等。其中，驰名中外的云冈石窟就位于本区云冈镇境内。有汉高祖刘邦被围的白登山、战国到明代的古长城和烽火台，以及观音堂、玉龙洞、焦山寺、禅房寺塔等文物古迹。有东北虎林园、小南头龙真民俗风情园、白马城平城观景台、马家小村北魏鹿苑等旅游景点。

云冈石窟/大同·南郊　　梁铭/摄

高阳台　咏新荣

汉置平城，建都北魏，云中故域遗风。涓子河边，万泉饮马淙淙。采凉红石依山殿，太玄观、塞外悬空。万年堂，恩远浮图，烟雨飞虹。

天王有道关山静，觅万骑马市，古堡商融。烽火群台，当年战鼓咚咚。白登剑影刀光起，阅兴衰、阡陌争雄。聚英才，盛世奇葩，再看新荣。

高阳台：又名庆春泽慢、庆春宫。双调，一百字。前后段各十句，四平韵。

◎仄平平，◎平仄仄，◎平◎仄平平[韵]。◎仄平平，◎◎◎仄平平[韵]。◎◎◎仄平平仄，仄◎平、◎仄平平[韵]。仄平平，◎仄平平，◎仄平平[韵]。

◎平◎仄平平仄，仄◎平◎仄，◎仄平平[韵]。◎仄平平，◎◎◎仄平平[韵]。◎◎◎仄平平仄，仄◎平、◎仄平平[韵]。仄平平，◎仄平平，◎仄平平[韵]。

链接：大同新荣区战国属赵，汉置平城县，北魏建都，唐开元十八年（730）置云中郡和云洲。境内有太玄观、方山遗址、古长城、宁静寺、宣宁县城遗址等历史人文景观，以及采凉山、四家山、弥陀山、万泉河、饮马河等自然景观。位于采凉山红石崖下、始建于明代的太玄观，整个道观凌空兀立，背依雄伟山崖，非悬空而恰似悬空，气魄非凡，别具特色，有“塞外悬空寺”之美誉。

明长城/大同·新荣·花园屯/　/梁铭/摄

长城・杏花・二人台/大同・阳高　梁铭/摄

长城乡/大同・阳高　　梁铭/摄

望云间　咏阳高

雄镇阳和，高柳漠沙，山环溪绕名藩。看枝头玉杏，春雪银园。黄水桑干共碧，恒山北岳同巅。叹秋林冰洞，汉墓恢宏，遗址窑垣。

长城亘古，寺庙云林，怪坡玉石奇观。楼阁流虹添彩，灵浴温泉。寻觅白登风雨，游临塞北云烟。六棱叠翠，署衙文脉，鼓乐凌仙。

望云间：双调，九十六字。前后段各十句，四平韵。

平仄平平，平仄仄平，平平平仄平平[韵]。仄平平仄仄，平仄平平[韵]。平仄平平仄仄，平平仄仄平平[韵]。仄平平平仄，仄仄平平，平仄平平[韵]。

平平仄仄，仄仄平平，仄平仄仄平平[韵]。平仄平平平仄，平仄平平[韵]。平仄仄平平仄，平平仄仄平平[韵]。仄平仄仄，仄平平仄，仄仄平平[韵]。

链接：阳高县西汉置高柳县，金改名白登县，明洪武二十六年（1393）置阳和卫。境内有北岳恒山的最高峰六棱山主峰、汉白玉石林、罗文皂怪坡、秋林冰洞、雪海长廊等奇异美景。古迹有云林寺大雄宝殿及雕梁壁画、古城墓群、古长城、许家窑人遗址。特产“京杏”享有盛名，民间艺术“二人台”唱响京城，声名远扬。

远朝归　咏天镇

秦置延陵，渐汉称阳原，悠悠广牧。天成镇虏，始合县名而续。长城远古，烽火处、风烟吟曲。林葱郁。纵汉胡相界，城固兵筑。

峦叠绿耸香铺，念玉皇琼宫，黑龙峰矗。慈云惠庆，幽寺塔楼馨沐。神头卧虎，显化寺、仙人留福。芳踪逐。聚宾朋翠山南麓。

远朝归：双调，九十二字。前段十句五仄韵，后段九句五仄韵。

平仄平平，仄仄平平平，平平仄仄[韵]。平平仄◎，◎仄仄平平仄[韵]。平平仄仄，仄◎仄、◎平平仄[韵]。平平仄[韵]。仄◎平仄◎，平仄平仄[韵]。

平仄仄仄平平，仄仄仄平平，仄◎平仄[韵]。平平仄仄，平仄仄平平仄[韵]。平平仄仄，仄◎仄、平平平仄[韵]。平平仄[韵]。仄平◎仄平◎仄[韵]。

链接：天镇县地处晋、冀、蒙三省（区）交界处,素有“鸡鸣一声闻三省”之称。秦置延陵县，西汉置阳原、延陵二县，北魏置广牧县，辽置天成县，金改为天城县。明洪武年改为天城卫，洪熙元年（1425）又添设镇虏卫，清顺治三年（1646）并天城、镇虏二卫为天镇卫。雍正三年（1725）改置天镇县。境内有慈云寺、盘山显化寺、玉皇阁、惠庆塔、神头山、黑龙寺、古长城、烽火台、温泉度假村等景点。

新平堡/大同·天镇　　梁铭/摄

斗百草　咏左云

北狄春秋，白羊云内千年早。重镇边陲，大边城堡，烽火又知多少。月华池、念固筑弓弦，屯兵塞要。见睡佛灵光，沧桑几度，月圆凝皎。

黄土山丘起伏，沟壑层凌，川水武州注表。十里长河，碧波横贯，牧羊曲、悠扬缥缈。东山绿，五路花香茵茵草。尽欢笑。数风流、翠容再耀。

八台子教堂/大同·左云　韩建军/摄

斗百草：双调，一百零二字。前段十句四仄韵，后段十句五仄韵。

仄仄平平，仄平◎仄平平仄[韵]。仄仄平平，仄平平仄，平仄仄平仄仄[韵]。仄平平、仄仄仄平平，平平◎仄[韵]。仄仄仄平平，平平仄仄，仄平◎仄[韵]。

平仄平平◎仄，平仄平平，平仄仄平平仄仄[韵]。◎仄平平，仄平平仄，仄平◎、平平仄仄[韵]。平平仄，◎仄平平◎平仄[韵]。仄平仄[韵]。仄平平、仄平仄仄[韵]。

链接：左云县春秋时为北狄牧地，名白羊地，战国置武州塞，汉代始设武州县，隋开皇元年（581）改为云内县，是历代屯兵的边陲重镇。境内有睡佛寺、保安堡、月华池、明长城、东汉长城、北魏金陵围墙，多处古城堡、古墓群遗址及旧石器、新石器遗址和近代革命遗址等。月华池造型像一张弓，东、南、西三面围成一道弧形城墙，形似弓背，正北的墙则是笔直的，就像这张弓的弦。

空中草原/大同·灵丘　梁铭/摄

帝台春　咏灵丘

城筑赵邑。灵王葬丘迹。要塞揽天，太白巍峨，唐河源碧。自古烽台矗晋冀，曲回寺、铁钟犹激。紫荆关、栈道凌空，山峦叠壁。

幽洞溢，钟乳立。锦幔织，纵流碛。又忆平型关，战乔沟，报大捷、马蹄声急。林映桃花绕溪月，风拂柳丝舞红日。觉山翠云中，伴瑶琴箫笛。

帝台春：双调，九十七字。前段十句五仄韵，后段十一句七仄韵。

平仄仄仄[韵]。平平仄平仄[韵]。仄仄仄平，仄仄平平，平平平仄[韵]。仄仄平平仄仄仄，仄平仄、仄平平仄[韵]。仄平平、仄仄平平，平平仄仄[韵]。

平仄仄[韵]，平仄仄[韵]。仄仄仄[韵]，仄平仄[韵]。仄仄仄平平，仄平平，仄仄仄、仄平平仄[韵]。平仄平平仄平仄，平仄仄平仄平仄[韵]。仄平仄平平，仄平平平仄[韵]。

链接：灵丘县战国时为赵邑，西汉置灵丘县，以赵武灵王葬此故名。境内有太白山主峰和唐河，素有“九分山水一分田”之说。历史文物丰富，有平型关战役遗址、赵武灵王墓、北魏觉山寺、曲回寺唐代石佛冢群、桃花山天然溶洞、龙泉寺、花塔村风景区、甸子梁空中草原等。抗战时期震惊中外的平型关大捷，粉碎了“日军不可战胜”的神话，取得了抗战以来的第一个大捷。

采绿吟　咏广灵

湿地河湾浦，古刹影、柏立仙栖。神泉碧泽，玉湖芳邑，浮鹭莺飞。杏花妆满树，垂丝柳、絮摇岸畔柔枝。映亭台，清波涌，桃源春雨凝媚。

如画小蓬莱，登峰望、群山壶水沉醉。圣佛郁松幽，汉白石林奇。赵长城、雄岭巍巍，白羊峪、花香鸟鸣啼。依千福，天宇晓钟，虹流翠微。

采绿吟：双调，一百字。前段十句三平韵一仄韵，后段九句一仄韵三平韵。

仄仄平平仄，仄仄仄、仄仄平平[韵]。平平仄仄，仄平平仄，平仄平平[韵]。仄平平仄仄，平平仄、仄平仄仄平平[韵]。仄平平，平平仄，平平平仄平仄[叶仄韵]。

平仄仄平平，平平仄、平平平仄平仄[叶仄韵]。仄仄仄平平，仄仄仄平平[韵]。仄平平、平仄平平，平平仄、平平仄平平[韵]。平平仄，平仄仄平，平平仄平[韵]。

链接：广灵县战国时名平舒邑。境内有白羊峪、水神堂、圣泉寺、圣佛寺、千福山、九龙山极乐寺、下墨家沟周圆寺、下河湾湿地、汉白玉石林、“空中草原”甸顶山、壶泉春柳、圣水祠、寡妇村等景点；有洗马庄汉墓群和千福山汉墓群；有历史悠远的旧石器、新石器文化遗址；有建筑最早、保存最好的战国赵长城；还有历史悠久的唐松、唐槐、明柳、明榆等名树古木。

水神堂/大同·广灵　　梁铭/摄

永安寺/大同·浑源　　梁铭/摄

悬空寺/大同·浑源　　刘玉军/摄

云仙引　咏浑源

塞上名城，边陲重镇，崞山置县于秦。平舒去，石城循。浑河发源此境，古老浑源唐落根。千佛翠屏，玉泉碧韵，林海岚茵。

神溪天赐凌云。大川岭、松涛牵雁门。绝塞恒山，永安天柱，北岳惊魂。名寺悬空，巨观美誉，瀑挂烟帘仙露春。一湖秋水，紫霞芦苇，圣景乾坤。

云仙引：双调，九十八字。前段十句四平韵，后段十一句五平韵。

仄仄平平，平平仄仄，平平仄仄平平[韵]。平平仄，仄平平[韵]。平平仄平仄仄，仄仄平平平仄平[韵]。平仄仄平，仄平仄仄，平仄平平[韵]。

平平平仄平平[韵]。仄平仄、平平平仄平[韵]。仄仄平平，仄平平仄，仄仄平平[韵]。平仄平平，仄平仄仄，仄仄平平平仄平[韵]。仄平平仄，仄平平仄，仄仄平平[韵]。

链接：浑源始置于秦，因浑河发源于县境内，故名浑源县。历史上，浑源曾名为崞县、崞山县、恒阴县、平舒县、石城县等。遐迩闻名的北岳恒山风景区，由天峰岭、翠屏山、千佛岭、天赐沟、神溪、大川岭、凌云口、永安寺、龙山等各具特色的子景区组成，素有“绝塞名山”之美誉。悬空寺是国内现存唯一建于悬崖上的木构建筑，古人称之为“天下巨观”。

双瑞莲　咏大同县

桑干河胜济。看侧翼云中，平城遗址。风云几度，荡涤谷陵谁祭。地涌火山喷集，现睡佛、南山之瑞。寻昊寺。册田水库，乌龙岩媚。

北望朔漠沧桑，赏南岭千重，东通京冀。凉生积雪，河合湖波粼翠。湿地连绵芦苇，捧雨露、土林奇魅。仙鹤醉。吕院锦裳霞袂。

双瑞莲：双调，九十五字。前段十句六仄韵，后段九句五仄韵。

平平平仄仄[韵]。仄仄仄平平，平平平仄[韵]。平平仄仄，仄仄仄平平仄[韵]。仄仄平平平仄，仄仄仄、平平平仄[韵]。平仄仄[韵]。仄平仄仄，平平平仄[韵]。

仄仄仄仄平平，仄平仄平平，平平平仄[韵]。平平仄仄，平仄平平平仄[韵]。仄仄平平平仄，仄仄仄、仄平平仄[韵]。平仄仄[韵]。仄仄仄平平仄[韵]。

链接：大同县城东北部的大同火山群是我国境内最典型的火山集中分布区，是东亚大陆稀有的自然遗产。而在火山喷发口上兴建的昊天寺更是别具一格，独具匠心。境内有册田水库（桑干湖），库区乌龙滩的黑色玄武岩看似有规则地排列着，十分神奇。此外还有南山睡佛、土林奇观、采凉积雪、马铺山“白登之战”遗址、吕家大院等景点。

火山遗址/大同·大同县　梁铭/摄

云冈石窟/山西 · 大同　王彦军/摄

第三辑

生态阳泉

阳台路　咏阳泉

漾泉叠。碧水滋两岸，蜿蜒遥涉。瀑飞涧、恰似银河，临景晓山明月。娘子雄关，让古镇名、远扬威绝。溪清澈。见小桥、空灵幽处飘叶。

义聚藏山仙杰，观万壑、天应地接。翠林枫染，怪石岭、玉凝霜雪。山城忆、当年大战，烟漫百团之捷。如今浩气清风，红霞新越。

阳台路：双调，九十六字。前段九句六仄韵，后段八句四仄韵。

仄平仄[韵]。仄仄平仄仄，平平平仄[韵]。仄平平、仄仄平平，平仄仄平平仄[韵]。平仄平平，仄仄仄平、仄平平仄[韵]。平平仄[韵]。仄仄平、平平平仄平仄[韵]。

仄仄平平平仄，仄仄仄、平平仄仄[韵]。仄平平仄，仄仄仄、仄平平仄[韵]。平平仄、平平仄仄，仄仄仄平平仄[韵]。平平仄仄平平，平平平仄[韵]。

链接：阳泉，因“漾泉”而名。昔日阳泉市区有泉五处，终年涌漾，泽润一方，故称漾泉，后演绎为阳泉。境内有彰显赵氏孤儿之传奇的藏山、威名远扬的长城第九关娘子关、百团大战纪念碑、药林寺，以及关帝庙、水帘洞瀑布、寺平庄温泉、冠山森林公园、狮脑山公园、石评梅故居等名胜景点。这里的狮脑山曾是抗战期间闻名中外的“百团大战”重要战场。

桃河公园/山西・阳泉　梁铭/摄

并蒂芙蓉　咏阳泉城区

漫漫风沙，忆纵横乱石，荒滩无际。狮脑岭峥嵘，渐峰顶平视。当年百团大战，杀寇驱倭势成锐。紫云吐蕊。唤雄鸡、一曲晨歌迎瑞。

将军剑凌垴畔，拥群英业绩，雄碑犹记。造纸厂门楼，火车站遗址。禅岩草茵蒲庙，古建乾隆琼台戏。茂林碧水。看新泉、竞妆霓美。

狮脑山晨雾/阳泉·阳泉城区　张福贵/摄

并蒂芙蓉：双调，九十八字。前后段各九句，五仄韵。

仄仄平平，仄仄平仄仄，平平平仄[韵]。平仄仄平平，仄平仄平仄[韵]。平平仄平仄仄，仄仄平平仄平仄[韵]。仄平仄仄[韵]。仄平平、仄仄平平平仄[韵]。

平平仄平仄仄，仄平平仄仄，平平平仄[韵]。仄仄仄平平，仄平仄平仄[韵]。平平仄平仄仄，仄仄平平平平仄[韵]。仄平仄仄[韵]。仄平平、仄平平仄[韵]。

链接：阳泉城区原来是一片风沙弥漫、乱石纵横的荒滩，名“沙江口”。狮脑山森林公园系以纪念参加百团大战的八路军英雄业绩为主要内容的纪念性森林公园，整个公园由山顶平台、北风垄、刀刃梁、将军堖四部分组成，“百团大战纪念碑”矗立在狮脑山主峰上。境内还有人民日报造纸厂门楼、阳泉火车站旧址、禅岩古寺、蒲台庙遗址、新泉观以及乾隆年间建的古戏台。

鱼游春水　咏阳泉矿区

清漳流溪水。孕育煤层寻壑垒。丘陵横叠，碧玉太阳石瑞。悠悠泉汇平潭前，古驿骏马飞千里。秋月素云，春风娇媚。

简子当年疾累。扁鹊神医名誉魅。林间寿圣凝幽，松涛舞翠。月下静听读书声，一夜东风惹人醉。金影宝瑟，又弹仙袂。

矿山远眺/阳泉·阳泉矿区　梁铭/摄

鱼游春水：双调，八十九字。前后段各八句，五仄韵。

平平平◎仄[韵]。◎仄◎平平仄仄[韵]。◎平◎仄，◎仄◎平◎仄[韵]。◎◎平◎◎◎◎，◎仄平◎平◎仄[韵]。平仄仄平，◎平平仄[韵]。

◎仄平平仄仄[韵]。◎仄◎平平◎仄[韵]。平平◎仄平平，平平仄仄[韵]。仄◎◎◎◎◎◎，◎仄平平◎◎仄[韵]。平◎仄◎，仄平平仄[韵]。

链接：阳泉矿区是中国最大的无烟煤生产基地。这里曾是平潭古城，春秋时期晋国的边境。平潭驿是古老的驿站，因众水汇潭于前，平衍光鉴故名。近处有赵简子古城遗址。著名的神医扁鹊曾在这里为赵简子治病，简子曾赐扁鹊田地四万亩。“平潭秋月”是古平定州的名境之一，清朝吴安祖写的《平潭秋月》诗曰：“素影金闺夜，斜筵宝瑟情。何如潭上月，留照读书声。”

暗香疏影　咏阳泉郊区

银圆挂月。建两层通道，傍山宫阙。楼院庭堂，巧配木雕奇艺绝。后峪翠枫景色，临七岭、桃林红叶。益母草、玉竹天然，松柏绿峦叠。

生态奠基开发，和谐石木聚、百仙浮越。典故流传，忠义关王，庙宇风光心惬。玉泉饮马东桥路，落箭处、亭台英杰。小河村、犹忆评梅，巧夺锦园春雪。

暗香疏影：双调，一百零五字。前段九句五仄韵，后段九句四仄韵。

平平仄仄[韵]。仄仄平平仄，仄平平仄[韵]。平仄平平，仄仄仄平平仄仄[韵]。仄仄平平仄仄，平仄仄、平平平仄[韵]。仄仄仄、仄仄平平，平仄仄平仄[韵]。

平仄仄平平仄，平平仄仄仄、仄平平仄[韵]。仄仄平平，平仄平平，仄仄平平平仄[韵]。仄平平仄平平仄，仄仄仄、平平平仄[韵]。仄平平、平仄平平，仄仄仄平平仄[韵]。

链接：阳泉郊区平坦镇官沟村的银圆山庄依山而建，被誉为“山西的布达拉宫”，从低到高分上、下巷两级通道，亭堂楼院的木雕、砖雕、石雕像构思精巧。玉泉山关王庙里戏台、山门、忠恕牌坊、落箭亭、饮马亭等组成了一个典型的宋代纯木结构建筑群体。石评梅祖籍小河村有石评梅纪念馆、石家花园。境内有桃林沟生态观光园区、翠枫山风景区、杨家庄乡和谐生态园区等多处生态景区。

石评梅故居/阳泉·阳泉郊区　　梁铭/摄

银圆山庄/阳泉·阳泉郊区　　梁铭/摄

百宜娇　咏平定

晋镇东门，太行西麓，娘子石城关固。柏雾松风，碧流泉汇，袅袅云烟飘处。冠山览胜，看九塞、春秋朝暮。辨雌雄、双塔峙楼，水帘飞瀑同舞。

逢雨霁、西霞雀鹭。神韵绝凡尘，药林琼树。岁月沧桑，史海历历，砂货悠悠萦宇。峥嵘几度，古苇泽、巍如铜铸。伴桃溪、一曲战歌，又听征鼓。

百宜娇：双调，一百零四字。前段十句四仄韵，后段十句五仄韵。

仄仄平平，仄平平仄，平仄仄平平仄[韵]。仄仄平平，仄平平仄，仄仄平平平仄[韵]。平平仄仄， 仄仄仄、平平平仄[韵]。仄平平、平仄仄平，仄平平仄平仄[韵]。

平仄仄、平平仄仄[韵]。 平仄仄平平，仄平平仄[韵]。仄仄平平，仄仄仄仄，平仄平平平仄[韵]。平平仄仄， 仄仄仄、 平平平仄[韵]。仄平平、 仄仄仄平， 仄平平仄[韵]。

链接：平定县地处晋中东部、太行山西麓，为晋冀通道之要冲。娘子关在境内东沿，为三晋大门，地势险要。娘子关原名苇泽关，相传因李世民之妹平阳公主率军驻此而更名。紧依娘子关的桃河上游有一水帘洞，流水沿悬崖峭壁直泻而成瀑布，甚为壮观。境内还有药林寺、冠山、天宁寺双塔、开河寺、固关长城，风景秀丽，乃避暑胜地。平定砂货为一方特产，闻名于世。

天宁寺双塔/阳泉·平定　　梁铭/摄

丹凤引　咏盂县

烟隐城消墟址，古国仇犹，春秋名邑。滹沱源远，几度细流飞溢。龙潭叠石，清泉临绿，玉洞仙风，亭台神迹。雾嶂藏山晚黛，赵氏遗孤，苔色忠义常碧。

浩叹大钟何在，太行岭上寻智伯。曲径云檐走，草萦岩岚秀，幽霜阡陌。林梢霞影，松展翠枝迎客。石窟摩崖苍劲处，问谁留馨墨。静凝露野，溪岸听柳笛。

藏山/阳泉・盂县　梁铭/摄

丹凤引：双调，一百一十四字。前段十二句四仄韵，后段十一句五仄韵。

◎仄平平平仄，仄仄平平，平平平仄[韵]。平平◎仄，平仄仄平平仄[韵]。平平仄仄，◎平平仄，仄仄平平，平平平仄[韵]。仄仄平平仄仄，仄仄平平，平仄平仄平仄[韵]。

仄仄◎平◎仄，仄平仄仄平仄仄[韵]。◎仄平平仄，仄平平◎仄，◎◎平仄[韵]。平平平仄，◎◎仄平平仄[韵]。仄仄◎平平仄仄，仄平平平仄[韵]。仄平仄仄，平仄平仄仄[韵]。

链接：盂县古名仇犹，是春秋晋大夫盂丙之邑。最著名的旅游景点是藏山，藏山祠相传为春秋时期晋程婴、公孙杵臼藏匿赵氏孤儿赵武之处。境内有龙堂瀑布、玉华洞、滹沱河漂流、如来洞、程子岩、大王庙、千佛寺摩崖造像、诸龙山森林公园等景点。当年智伯用赠送一口大钟的缓兵之计攻陷仇犹国，现在人们传说那大钟还埋在钟镇街的地下呢！

天下第九关——娘子关（山西阳泉）梁铭/摄

第四辑 上党长治

太行山大峡谷/山西·长治　　王广湖/摄

玲珑玉　咏长治

山水雄奇，九峦叠、壑纵崖横。烟岚雾翠，沁溪漳泽流清。峭壁松涛峡谷，见仙堂神窟，溶洞宫廷。空灵。寻寓公、雷动蛰惊。

上党黄崖军号，震乾坤魂魄，驰骋疆营。伫马峰川，趁雄风、猛士长缨。琼瑶霓裳堆锦，八音响、梆腔竞奏，律韵常听。越千古，涌春潮、馨梦醉萦。

玲珑玉：双调，九十八字。前段九句五平韵，后段十句四平韵。

平仄平平，仄平仄、仄仄平平[韵]。平平仄仄，仄平平仄平平[韵]。仄仄平平仄仄，仄平平平仄，平仄平平[韵]。平平[韵]。平平平、平仄仄平[韵]。

仄仄平平仄仄，仄平平平仄，平仄平平[韵]。仄仄平平，仄平平、仄仄平平[韵]。平平平平平仄，仄平仄、平平仄仄，仄仄平平[韵]。仄平仄，仄平平、平仄仄平[韵]。

链接：长治，古称“上党”，为抗战时期的革命根据地，八路军曾在这里部署、指挥了黄崖洞保卫战、上党战役等一系列震天撼地、扭转乾坤的大战。境内有老顶山国家森林公园、太行山大峡谷和太行水乡、灵空山、武乡溶洞等天然胜景；有上党门、城隍庙、二贤庄、仙堂山、北魏石刻等文物古迹；有八路军总部旧址、黄崖洞保卫战旧址、八路军太行纪念馆等革命纪念地。有民间手工艺品上党堆锦。

秋宵吟　咏长治城区

祖神农、品百草。上党殷商黎早。东山柏，掩老顶葱茏，锦西波渺。碧霞宫、塔岭道。古迹城隍寻庙。雄峰翠，伴署址情怀，太行烽耀。

特色园区，五产业、齐飞共傲。紫坊滨岸，粉黛桃园，处处暗香绕。听得春雷笑。又忆牺盟，窑洞战堡。女娲仙、后羿千年，神话乡里美誉葆。

秋宵吟：双调，九十九字。前段十句六仄韵，后段十句五仄韵。

仄平平、仄仄仄[韵]。仄仄平平平仄[韵]。平平仄，仄仄仄平平，仄平平仄[韵]。仄平平、仄仄仄[韵]。仄仄平平平仄[韵]。平平仄，仄仄仄平平，仄平平仄[韵]。

仄仄平平，仄仄仄、平平仄仄[韵]。仄平平仄，仄仄平平，仄仄仄平仄[韵]。平仄平平仄[韵]。仄仄平平，平仄仄仄[韵]。仄平平、仄仄平平，平仄平仄仄仄仄[韵]。

链接：长治市城区东依松柏葱茏之老顶山，西临碧波粼粼之漳河水，雄峰拱翠，表里山河。早在上古时代，我们的祖先神农氏炎帝就曾在这里尝百草、驯养牲畜、发展原始农业。殷商时期，长治是殷商王朝属下的诸侯国，史称“黎”。这里有炎帝神农、精卫填海、女娲补天、后羿射日等古老神话千年传颂，有“神话之乡”的美誉。

潞州府衙上党门/长治·长治城区　梁铭/摄

太行国家城市湿地公园/长治·长治郊区　梁铭/摄

月边娇　咏长治郊区

西水东山，见老顶层峦，漳湖波影。五峰叠嶂，三河涌碧，秀色水乡风景。滴谷龙宫，怪石洞、炎黄踪径。轻舟帆远，湿地处、犹如仙境。

地灵人杰悠悠，马嘶黄碾，尽歌刘邓。史留悬塑，今成瑰宝，腰鼓又擂春醒。双桥野茗。百草旺、潞商深映。长钢耀瑞，举酒杯同酩。

月边娇：双调，九十七字。前段十句四仄韵，后段十句五仄韵。

平仄平平，仄仄仄平平，平平平仄[韵]。仄平仄仄，平平仄仄，仄仄仄平平仄[韵]。仄仄平平，仄仄仄、平平平仄[韵]。平平平仄，仄仄仄、平平平仄[韵]。

仄平平仄平平，仄平平仄，仄平平仄[韵]。仄平平仄，平平仄仄，平仄仄平平仄[韵]。平平仄仄[韵]。仄仄仄、平平平仄[韵]。平平仄仄，仄仄平平仄[韵]。

链接：长治市郊区自然风光彰显“东山西水”的独特魅力。老顶山国家森林公园，五峰雄峙，层峦叠嶂，怪石奇洞，遍布其间。主要景点有玉泉观、观景楼、滴谷寺、百草堂、九龙宫等，巨大的炎帝铜像矗立峰巅。漳泽湖碧波万顷，帆影点点，山水风情如诗如画。太行国家城市湿地公园层林尽染，水鸟飞翔，展现出黄土高原罕见的江南水乡秀色。置身此地，人与自然和谐相处，宛如仙境一般。

轮台子　咏长治县

远古黎侯上党，大寺处、登临殿庙。东呈古佛如丘，北有谷关遗稻。鸡鸣三县听声，首阳山、乍蝶飞松啸。叹龙山凤阁，翠滴雄峰游人笑。

当年八义瓷窑，釉纯正、品高彩妙。进城隍、纵晨钟暮鼓，山门迎早。惜玉观凌霄，乐台灵巧。望叠嶂重峦，雾吞云蒙渺。访煤乡、麻园铁堡。誉天下、美在西池，丝柳编三宝。

轮台子：双调，一百一十四字。前段八句四仄韵，后段十一句六仄韵。

仄仄平平仄仄，仄仄仄、平平仄仄[韵]。平平仄仄平平，仄仄仄平平仄[韵]。平平平仄平平，仄平平、仄仄平平仄[韵]。仄平平仄仄，仄仄平平平平仄[韵]。

平平仄仄平平，仄平仄、仄平仄仄[韵]。仄平平、仄平平仄仄，平平平仄[韵]。仄仄仄平平，仄平仄仄[韵]。仄仄仄平平，仄平平平仄[韵]。仄平平、平平仄仄[韵]。仄平仄、仄仄平平，平仄平平仄[韵]。

链接：长治县名胜古迹颇多，较为著名的有南宋玉皇观、正觉寺(俗称“大寺”)、南王庆龙泉寺、东呈古佛堂、八义法云寺、李坊洪福寺、西火镇南大掌村“天下都城隍”、原家庄的东泰山庙、八义瓷窑遗址、炎帝遗址首阳山、五龙山、五凤楼等。西池乡的柳编久负盛名，簸箕、簸箩和圪栳被誉为“西池三件宝”。荫城铁货曾远销国外，素有“煤海铁府麻乡”之美誉。

雄山/长治・长治县　梁铭/摄

青马索　咏长子

忆尧王，封子丹朱此城阙。炎黄远古，发鸠精卫留传说。西燕立都，慕容城筑，岭脊峰巅环清月。熨台春、晚照慈林，玉泻碧源紫云绝。

峦叠。秀山灵水，物华天赐，绿染林溪舞虹蝶。润泽粮乡椒地，莲塘岚水英姿越。峨峨石窟，莽莽长城，幽洞轩窑称奇绝。伴八音、鼓书神韵远誉，悠悠笛声悦。

胄马索：双调，一百零九字。前段九句四仄韵，后段十一句五仄韵。

仄平平，平仄平平仄平仄[韵]。平平仄仄，仄平平仄平平仄[韵]。平平仄仄，仄平平仄，仄仄平平平平仄[韵]。仄平平、仄仄平平，仄仄仄平仄平仄[韵]。

平仄[韵]。仄平平仄，仄平平仄，仄仄平平仄平仄[韵]。仄仄平平平仄，平平平仄平平仄[韵]。平平仄仄，仄仄平平，平仄平平平平仄[韵]。仄仄平、仄平平仄仄仄，平平仄平仄[韵]。

链接：长子县是尧王的故里、丹朱的封地、精卫的故乡、西燕的古都。素有“中国青椒之乡”的美称。尧之长子丹朱曾受封于此，由此得县名，简称为“丹城”。因《山海经》记载的“精卫填海”的美丽传说而闻名遐迩的发鸠山，就坐落在该县境内的西部。曾有“长子八大胜景”之说：熨台春晓、漳源泻碧、紫岫晴云、岚水长虹、莲塘烟雨、月坞环清、丹岭西风、慈林晚照。

发鸠山/长治·长子　王广湖/摄

渠兰香　咏沁源

峰峦叠翠，碧水流虹，壁立密林太岳。沟渊土沃，岭峻山青，绮丽秀姿初萼。沁河源、清澈甘泉，溪来潺潺润泽。寒脉脉、云霞谷远，灵空仙雀。

赤石云桥滴翠，露洒篱间，怪岩凌壑。绵关看雪，圣寿听钟，鹤岭玉川横陌。觅桃园、雁落龟滩，飞雨天池似璧。渐晚照、蓬莱月夜，金临三角。

澡兰香：双调，一百零四字。前后段各十句，四仄韵。

平平仄仄，仄仄平平，仄仄仄平仄仄[韵]。平平仄仄，仄仄平平，仄仄仄平平仄[韵]。仄平平、平仄平平，平平平平仄仄[韵]。平仄仄、平平仄仄，平平平仄[韵]。

仄仄平平仄仄，仄仄平平，仄平平仄[韵]。平平仄仄，仄仄平平，仄仄仄平平仄[韵]。仄平平、仄仄平平，平仄平平仄仄[韵]。仄仄仄、仄仄平平，平平平仄[韵]。

链接：沁源县因沁河之源而得名，沟渊地肥土沃，山岭崖峻林绿，群山环抱，起伏连绵，地上自然景观绮丽秀美。有圣寿寺、东钟楼、花坡、沁河源头、灵空山国家森林公园、菩提寺等名胜和景点。灵空山，亦称九顶山，山峰叠翠，壁立如削，水清林密，云霞缭绕，为天然胜景。沁源有八景：绵山积雪、青果寒泉、石台月夜、灵空滴翠、雁落龟滩、琴山晚照、沁水秋声、太清飞雨。

灵空山/长治·沁源　王广湖/摄

齐天乐　咏沁县

太行太岳峦苍翠，漳河溯源之灌。百里湖光，粼粼波荡，又见渔歌唱晚。水溪桃苑。叹天宝风流，物华盈满。五谷幽香，沁州小米美名冠。

御书楼上忆旧，手书千字卷，康熙留翰。歌赞牺盟，小东岭处，抗日烽烟燃遍。春潮涌旋。正四湖围城，水魂俱典。美赛江南，更云腾翅展。

齐天乐：又名圣寿齐天乐慢、台城路、五福降中天、如此江山。双调，一百零二字。前段十句五仄韵，后段十一句五仄韵。

◎平◎仄平平仄，平◎仄平◎仄[韵]。◎仄平平，◎平◎仄，◎仄◎平◎仄[韵]。◎平◎仄[韵]。仄◎仄平平，◎平平仄[韵]。◎仄平平，◎平◎仄仄平仄[韵]。

◎平◎仄◎仄，仄平平仄仄，◎◎平仄[韵]。◎仄平平，◎平◎仄，◎仄平平◎仄[韵]。◎平◎仄[韵]。仄◎◎平平，仄平平仄[韵]。◎仄平平，仄平平仄仄[韵]。

链接：沁县自古就有“冀州门户、潞泽咽喉”之称。民间北魏石刻陈列馆内藏有康熙皇帝御笔亲书《千字文》石刻。以南涅水石刻馆、徐村吴王典墓、太里羊舌氏三贤墓为龙头，康熙皇帝御书楼、漳河源头龙珠寺相配套的人文游览区；以二郎山、西湖公园为主的黄土风景区；以小东岭八路军总部旧址、后沟华北新华日报社旧址、烈士陵园、决死一纵队纪念馆为主的革命纪念旅游区已初步形成。

远眺西湖/长治・沁县　梁铭/摄

玉连环　咏襄垣

晋侯赵氏，筑城垣、领于襄子，功名犹在。叹灰坑石斧，绳陶骨器，先古远缘千载。凉楼观胜景，古寺倚关隘。宝峰晴雪，市桥怀故，清溪织黛。

风雨岁月悠悠，叠奇峰、晚照狮山烟霭。念旧隐仙堂，漳江春渡，苍郁湖水湃湃。纵辉煌古邑，正乌金流彩。名扬上党，气吞三晋，浩然塞外。

玉连环：双调，一百零四字。前段十一句四仄韵，后段十句四仄韵。

仄平仄仄，仄平平、仄平平仄，平平平仄[韵]。仄平平仄仄，平平仄仄，平仄仄平平仄[韵]。平平平仄仄，仄仄仄平仄[韵]。仄平平仄，仄平平仄，平平仄仄[韵]。

平仄仄仄平平，仄平平、仄仄平平平仄[韵]。仄仄仄平平，平平平仄，平仄平仄仄仄[韵]。仄平平仄仄，仄平平平仄[韵]。平平仄仄，仄平平仄，仄平仄仄[韵]。

链接：襄垣县因公元前455年赵襄子筑城于此故名。境内有灰坑、石斧、骨器、绳纹陶片等文物出土，经鉴定为龙山（新石器时代晚期)文化遗址。全县历史文化遗存星罗棋布，形成了以县城为依托，东山（仙堂山）、西水（后湾水库）、中文化（凉楼景区）的旅游格局。古有八景：宝峰晴雪、狮山晚照、凉楼盛观、漳江春渡、市桥怀故、韩山独秀、仙堂旧隐、甘泉漱玉。

仙堂山圣境/长治·襄垣　梁铭/摄

八路军太行纪念馆/长治・武乡　梁铭/摄

八路军总部太行旧址/长治・武乡　梁铭/摄

满江红　咏武乡

形胜关山，绵亘起、千丘万壑。鹰展翅、纵横南北，太行西岳。八路群英驱日寇，百团大捷惊魂魄。亮剑举、烽火越云霄，红旗握。

冲锋号，如鼓角。峦苍莽，轻腾跃。看长乐战役，运筹帷幄。溶洞幽深迎贵客，板山花草临亭阁。浊漳水、秀色画龙湖，杯觞酌。

满江红：双调，九十三字。前段八句四仄韵，后段十句五仄韵。

◎仄平平，◎◎仄、◎平◎仄[韵]。◎◎◎、◎平◎仄，◎平平仄[韵]。◎仄◎平平仄仄，◎平◎仄平平仄[韵]。仄◎◎、◎仄仄平平，平平仄[韵]。

平◎仄，平◎仄[韵]。平◎仄，平平仄[韵]。◎◎◎◎◎，◎◎平仄[韵]。◎仄◎平平仄仄，◎平◎仄平平仄[韵]。◎◎◎、◎仄仄平平，平平仄[韵]。

链接：武乡县是根据境内有武山和武乡水而得名，地跨太行、太岳两山之间，太行山脉由东北向西南蜿蜒，太岳山脉从西北向西南逐渐延伸。属黄土丘陵地带，境内丘陵起伏、沟壑纵横、河流交错。有风光旖旎的太行龙湖风景区、自然植被茂密的板山风景区、崇城山风景区、太行龙洞以及八路军太行纪念馆等景点。抗日战争期间著名的长乐村战役就发生在这里。

井底（神龙湾）风光/长治·平顺　　王广湖/摄

虹梯关/长治·平顺　　王广湖/摄

双头莲　咏平顺

玉峡雄奇，浊漳荫翠，东寺峭崖，虹霓绝壁，绿荫远寻，遍野晚霞澄碧。赏春色。藏洞冰凌，梯关流瀑，唐堡汉村，龙门石屋，胜景太行，在北雄之脊。

看今昔。知往时坎坷，平顺难适。一代愚公，两肩霜雪，岭陌汗珠流滴。茫茫林海，啧啧西沟，映辉史籍。举旗帜，赞精神，更创业无敌。

双头莲：双调，一百零三字。前段十三句三仄韵，后段十二句五仄韵。

仄仄平平，仄平平仄，平仄仄平，平平仄仄，仄仄仄平，仄仄仄平平仄[韵]。仄平仄[韵]。平仄平平，平平平仄，平仄仄平，平平仄仄，仄仄仄平，仄仄平平仄[韵]。

仄平仄[韵]。平仄平仄仄，平平平仄[韵]。仄仄平平，仄平平仄，仄仄仄平平仄[韵]。平平平仄，仄仄平平，仄平仄仄[韵]。仄平仄，仄平平，仄仄仄平仄[韵]。

链接：平顺县有着“北雄风光最胜处”之美称，境内有构成太行大峡谷主要组成部分的玉峡、虹霓、浊漳大峡谷；有龙虎山、靖林山、青羊山、龙门山、小西天等风景区；有狐仙洞、五龙洞、冰凌洞、桃花洞、苍龙洞、黑龙洞、乌龙洞、紫云洞等天然溶洞；还有金灯寺、大云寺、龙门寺、虹梯关碑铭、汉寨、唐堡、赵长城等古代文化遗存；有爱国主义教育基地西沟展览馆。

金盏子　咏黎城

古国黎侯，聚太行灵气，画廊云幄。赏世外桃源，河流处，清浊两漳缠陌。催开绿叶红花，着丹青新萼。黄崖洞，岭谷又起烽火，静听鸣角。

馨酌。翠帘幕。红石地，寻迤逦奇壑。巍巍诸峰陡峭，晨钟响，岚山夜雨渐落。泉映望月金牛，却晓烟亭阁。三皇眺、犹见勇进天河，威惊魂魄。

金盏子：双调，一百零三字。前段十一句四仄韵，后段十一句六仄韵。

仄仄平平，仄仄平平仄，仄平平仄[韵]。◎仄仄平平，平平仄，平◎仄平平仄[韵]。◎◎仄仄平平，仄平平◎仄[韵]。平◎仄，◎◎仄◎平◎，仄平平仄[韵]。

平仄[韵]。仄平仄[韵]。平◎仄，平◎仄◎仄[韵]。平平◎◎◎◎，平平仄，平平仄仄◎仄[韵]。◎◎仄仄平平，仄◎平平仄[韵]。平平仄、◎仄仄◎平平，◎◎◎仄[韵]。

链接：黎城，春秋为黎侯国，素有“太行画廊”、“世外桃源”之称。主要景点有黄崖洞、板山、广志山、老君庙、城隍庙、黎侯植物园、溶洞奇观等。境内有“古八景”：岚山夜雨、萧寺晨钟、壶口故关、黎侯古郭、白岩晓烟、金牙晚照、玉泉漱石、田溪洌水；“新八景”：飞阁流丹、中天落日、金牛眸月、瓮廊险道、三皇远眺、白云洞天、赤罅素湍、蓝天游鸭。

黄崖洞/长治·黎城　　梁铭/摄

送征衣　咏壶关

岭含烟。双龙百谷，壶隐山形，夹峙犹对断垣。紫团顶、雪凌寒。幽关。仰王莽、龙泉五指，大峡探源。见怪石、深潭峭壁，瀑三叠、汇流涓。绿茵柔、林海金波，疑馥郁缠绵。

仙洞藏兵雄险，越古道、逛奇湾。轻舟伯阳碧荡，水墨悠闲。英贤。齐灭寇、锄奸除霸，红日东暄。锦簇嫩枝飞蕊蕾，望河楼、立桥边。赋诗吟、竹影书声，留歌韵琴欢。

八泉峡/长治·壶关　梁铭/摄

送征衣：双调，一百二十一字。前段十二句七平韵，后段十一句六平韵。前段第六句、后段第五句，俱押二字短韵；两结句，俱作上一下四句法。

仄平平[韵]。平平仄仄，平仄平平，仄仄平仄仄平[韵]。仄平仄、仄平平[韵]。平平[韵]。仄平仄、平平仄仄，仄仄平平[韵]。仄仄仄、平平仄仄，仄平仄、仄平平[韵]。仄平平、平仄平平，平仄仄平平[韵]。

平仄平平平仄，仄仄仄、仄平平[韵]。平平仄平仄仄，仄仄平平[韵]。平平[韵]。平仄仄、平平平仄，平仄平平[韵]。仄仄仄平平仄仄，仄平平、仄平平[韵]。仄平平、仄仄平平，平平仄平平[韵]。

链接：壶关县因北有百谷山(老顶山)、南有双龙山，两山夹峙，中间空断，山形似壶，且以壶口为关，而得名。境内以五指峡、龙泉峡、王莽峡为主线，串联真泽宫、紫团洞、青龙潭以及林海、怪石、飞瀑、流泉、幽洞、古庙、峭壁、深潭等众多气象万千的景点。古诗云：“若非紫团山顶雪，错把壶关当江南”、“莫道江南景色好，峻秀未必若壶关”，这正是壶关胜景的真实写照。

泛清苕　咏屯留

赤狄春秋。聚瑞气祥光，毓秀纯留。嶷神岭，卧龙隐，弯弓起，射日新畴。炎黄代代皆雄杰，绛水环、玉蟒清幽。铁戈驰骋，越巷陌，峥嵘古壁荒丘。

沧桑岁月悠悠。见湖光绮丽，柳岸渔舟。飞瀑影，衬碑塔，玉溪秀，碧醉深流。当年上党军情急，老爷山、捷报频收。松泉溢彩，犹柏谷临风，绿掩台楼。

泛清苕：又名感皇恩慢。双调，一百零八字。前后段各十二句，五平韵。

仄仄平平[韵]。仄仄仄平平，仄仄平平[韵]。平平仄，仄平仄，平平仄，仄仄平平[韵]。平平仄仄平平仄，仄仄平、仄仄平平[韵]。仄平平仄，仄仄仄，平平仄仄平平[韵]。

平平仄仄平平[韵]。仄平平仄仄，仄仄平平[韵]。平仄仄，仄平仄，仄平仄，仄仄平平[韵]。平平仄仄平平仄，仄仄平、仄仄平平[韵]。平平仄仄，平仄仄平平，仄仄平平[韵]。

链接：屯留在春秋时为赤狄邑，谓之留吁；鲁宣公十六年（前593）为晋所灭，称为纯留；战国时称屯留，“屯”或为“纯”之讹。境内嶷神岭，影影绰绰确如腾云驾雾的蛟龙，若隐若现，被称为“嶷山卧龙”。因为有了“羿射九日”的故事，所以三嵕山上赐建三嵕大庙，诗人罗连双有诗专咏羿射九日的壮举：“振臂弯弓敢射日，羿儿怀志坚如铁。”名震中外的上党战役主战场，就在屯留境内的老爷山。

老爷山/长治·屯留　　武涛/摄

归朝欢　咏潞城

潞子伯姬安晋国，烽火硝烟横铁戟。文王山脚战旗红，浊漳河畔秋霜白。东渡黄河碛，太行英杰歼顽敌。露根松，沧桑揽阅，尽显千年绩。

寺影塔楼烟雨隔，飞阁叠檐枫林碧。流丹耸翠出云霄，清风一夜听潮迫。光阴追祖迹，先民聚族黄龙壁。访北村，沙场犹现，更把将军忆。

申家大院/长治·潞城　梁铭/摄

归朝欢：又名菖蒲绿。双调，一百零四字。前后段各九句，六仄韵。

◎仄◎平平仄仄[韵]，◎仄◎平平仄仄[韵]。◎平◎仄仄平平，◎平◎仄平平仄[韵]。◎◎平◎仄[韵]，◎平◎仄平平仄[韵]。◎◎◎，◎平◎仄，◎仄◎平仄[韵]。

◎◎◎◎平◎仄[韵]，◎仄◎平◎◎仄[韵]。◎平◎仄仄平平，◎平◎仄平平仄[韵]。◎平平仄仄[韵]，◎平◎仄平平仄[韵]。◎◎◎，◎平◎仄，◎仄◎平仄[韵]。

链接：潞城，古史记载，晋成公为了和赤狄中最强大的潞子国（即潞氏）表示睦邻诚意，曾把自己的女儿伯姬嫁给其国君潞子婴，通过和亲换得暂时安宁。这里有黄龙洞遗址、辛安原起寺、青龙宝塔等人文景观；有南流涌泉、浊漳飞虹、卢山叠翠和微子清风等新老八景，有神头之战遗址、八路军总部北村旧址等革命遗迹。

太行地貌——望月/山西·长治　　王广湖/摄

第五辑　经典晋城

皇城相府/山西・晋城　梁铭/摄

王莽岭/山西・晋城　尹小强/摄

庆春宫　咏晋城

月映珏山，双峰奇险，探幽蟒岭风光。沁水丹河，翻波逐浪，九女高峡仙塘。浩烟缥缈，大峡谷、临悬壁彰。洞中棋子，推演千秋，古寨留香。

炎王舜帝流芳。相府皇城，廷敬遗章。妙笔丹青，作家树理，文坛美誉名扬。踏春河畔，独漫步、花缠草长。云蒸霞蔚，丝柳轻摇，旖旎斜阳。

庆春宫：又名庆宫春。双调，一百零二字。前段十一句四平韵，后段十一句五平韵。此调有平韵、仄韵两体。

⊙仄平平，平平⊙仄，仄平◎仄平平[韵]。⊙仄平平，⊙平⊙仄，◎⊙◎⊙平平[韵]。仄平平仄，仄⊙仄、平平仄平[韵]。⊙平平仄，平仄⊙平，⊙仄平平[韵]。

⊙平仄仄平平[韵]。⊙◎平⊙，⊙仄平平[韵]。⊙仄平平，⊙平⊙仄，◎⊙⊙仄平平[韵]。◎平平仄，仄◎仄、平平仄平[韵]。◎平⊙仄，◎仄⊙平，◎仄平平[韵]。

链接：晋城，山川秀丽，自然风光旖旎，文物古迹遍地。丹河南岸的珏山风景“珏山吐月”，又谓之“双峰捧月”，素以“晋魏河山第一奇”著称。九女仙湖是传说中仙女下凡游玩之处所，湖中矗立有九女仙台。皇城相府不仅是一幅古代“自然山水画”，更是一座具有强烈人文精神的东方古城堡。境内还有历山、蟒河、棋子山、王莽岭、佛子山、西溪真泽宫、玉皇庙、青莲寺等景点。

黄莺儿　咏晋城城区

北通幽燕南原去。东枕太行，西望黄河，白水秋波，玉屏冬雾。尧舜古帝留都，建郡徜门府。鸟飞源自瑶池，有凤来栖，神话奇遇。

琼树。沼泽变清潭，掩绿茵无数。景忠东关，景德西关，珍桥旧韵晨暮。张院马氏民居，证凤台盈富。大厦林立城区，皆是繁荣处。

街景/晋城・晋城城区　　王林/摄

黄莺儿：双调，九十六字。前段十句四仄韵，后段十句五仄韵。

◎平平仄平平仄[韵]。◎仄平平，平仄平平，◎◎平平，◎◎平仄[韵]。平仄仄仄平平，仄仄平平仄[韵]。仄平平仄平平，仄仄平平，平仄平仄[韵]。

平仄[韵]。仄仄仄平平，仄仄平平仄[韵]。仄平平◎，仄仄平平，平平◎◎平仄[韵]。平仄仄仄平平，仄仄平平仄[韵]。仄◎◎仄平平，◎仄平平仄[韵]。

链接：晋城市城区，太行山支脉绵亘南北，黄河水支流纵横东西。千年古刹——白马禅寺以其绮丽风光和动人传说闻名遐迩；历史悠久，可与赵州桥媲比的景德、景忠两桥横跨市区东西；“有凤来栖”的传说给这里增添了神奇而美妙的色彩；明代古居张院、清末马氏故居见证着凤台旧时的富庶，怀覃会馆的豪华诉说着城区地域往日的繁荣。

高山流水　咏阳城

九河富水纵横连。望云涛、南俯中原。东倚太行山，中条伴岳屏牵。三峦汇、叠洞重关。清幽谷，深涧流溪玉瀑，碧绕波环。更藏龙卧虎，上溯古渊源。

灵涓。逍遥白帆影，台境妙、九女临仙。蓝黛拥千峰，又见万壑飘烟。午亭村、绿掩城山。颂陈氏，香漫黄花晚节，茂木春妍。地灵人杰，紫光璀、降甘泉。

高山流水：双调，一百一十字。前段十句六平韵，后段十一句六平韵。

仄平仄仄仄平平[韵]。仄平平、平仄平平[韵]。平仄仄平平，平平仄仄平平[韵]。平平仄、仄仄平平[韵]。平平仄，平仄平平仄仄，仄仄平平[韵]。仄平平仄仄，仄仄仄平平[韵]。

平平[韵]。平平仄平仄，平仄仄、仄仄平平[韵]。平仄仄平平，仄仄仄仄平平[韵]。仄平平、仄仄平平[韵]。仄平仄，平仄平平仄仄，仄仄平平[韵]。仄平平仄，仄平仄，仄平平[韵]。

链接：阳城古驿，富水新镇，高山环合，绿水萦绕。东有龙王高山深涧，西有茶坊泉茗绿秀，南有八里湾锡矿山，北有王家楼闯王寨。“绿树村边合，青山郭外斜”的皇城相府又称午亭山村，是大学士、《康熙字典》的总阅官陈廷敬的故居。康熙皇帝在花甲之年，为他题写了“午亭山村”和“春归乔木浓荫茂，秋到黄花晚节香”的匾联，以示为其功德的褒奖。境内还有蟒河、九女仙湖等旅游景区。

蟒河 /晋城・阳城　　郭振华/摄

瑶台月　咏泽州

河东屏翰，获泽畔，丹川南镇雄起。当年凤台，悠悠史典沉积。望珏山、双峰对峙，镶碧玉、林深霞蔚。五岳秀，超群瑞。妆浓淡，胜景丽。凌空吐月，云消雨霁。

古栈道、石碑留魏。见绿涌山里溪水。遇屯兵奇洞，悬崖神缀。女人梯、佳话流传，饮马道、拴驴泉醉。玉皇庙，青莲寺。野草茂，峭壁翠。欢歌一曲，琼楼仙味。

青莲寺/晋城·泽州　　梁铭/摄

瑶台月：又名瑶池月。双调，一百一十四字。前段十三句六仄韵，后段十二句七仄韵。

平平◎仄，◎◎仄，平平平仄平仄[韵]。平平仄◎，◎◎◎◎平仄[韵]。◎◎◎、◎◎仄仄，◎◎仄、平平◎仄[韵]。◎◎仄，平平仄[韵]。◎◎仄，◎◎仄[韵]。平平仄仄，平平仄仄[韵]。

仄◎◎、◎◎◎仄[韵]。仄仄◎◎◎◎仄[韵]。◎◎◎◎仄，◎平平仄[韵]。仄◎◎、◎仄平平，仄仄仄、平平平仄[韵]。◎◎仄，◎平仄[韵]。◎◎仄，◎◎仄[韵]。平平仄仄，平◎◎仄[韵]。

链接：泽州，史称“河东屏翰，冀南雄镇”，因建在获泽河畔得名。古称高都、丹川、凤台。珏山又名角山，其双峰对峙，巍峨苍翠，宛若一对碧玉镶嵌在太行山上，古有“晋魏河山第一奇”、“小华山”、“小武当”之美称。“珏山吐月”为晋城四大名胜之一。山里泉人称“北方小三峡”，有黑水泉、石门魏碑、司马懿屯兵洞、拴驴泉、饮马道、女人梯等景点。境内还有青莲寺、府城玉皇庙等。

豆庄古村落/晋城·沁水　　梁铭/摄

柳氏民居/晋城·沁水　　梁铭/摄

沁园春　咏沁水

碧绕梅溪，霞映文峰，玉岭倚城。见两河环抱，四山拱拥，平原凤舞，沟壑龙腾。宇峻凌云，历山凝瑞，柳氏桃源隐纵横。寻瑰宝，有民居古塔，水墨丹青。

史临端氏永宁，听剑伴金戈铁马声。念赤心忠骨，安邦兴德，笔端锦绣，文鼎贤英。西峡迷踪，东泉月影，热土传扬树理名。风骚处，叹沁园百媚，沃野勤耕。

沁园春：又名东仙、寿星明、洞庭春色。双调，一百一十四字。前段十三句四平韵，后段十二句五平韵。

◎仄平平，◎仄平平，仄仄仄平[韵]。仄◎平◎仄，◎平◎仄，◎平◎仄，◎仄平平[韵]。◎仄平平，◎平◎仄，◎仄平平◎仄平[韵]。平◎仄，仄◎平◎仄，◎仄平平[韵]。

◎平◎仄平平[韵]，◎◎仄平平◎仄平[韵]。仄◎平◎仄，◎平◎仄，◎平◎仄，◎仄平平[韵]。◎仄平平，◎平◎仄，◎仄平平◎仄平[韵]。平平仄，仄◎平◎仄，◎仄平平[韵]。

链接：沁水，古称端氏，又设永宁，后改永宁为沁水，端氏县并入沁水。有女娲补天、舜耕历山的动人传说。县城四山拥抱，梅溪、杏水两河环绕。有中国古代文学家柳宗元的后裔东迁隐居古建筑柳氏民居，有湘峪三都古城、郭壁古建筑群，有历山国家森林公园、钟乳岩溶洞群、舜王坪高山草甸等旅游景区。是现代著名小说家、人民艺术家赵树理的故乡。

升平乐　咏高平

七佛南山，定林名寺，松环柏绕笼荫。泉瀑流清，山峦叠翠，蝶飞洒酒诗吟。长平一战，忆廉颇、跑马嘶音。寻夜月，大粮山积雪，幽峪仙临。

遥想祖先炎帝，敬神农五谷，皆润甘霖。银盏黄梨，金樽十碗，香烧豆腐盛今。宫廷大戏，五声腔、梆板应琴。登高处，见云霞烟袅，对茗新斟。

升平乐：又名万岁升平乐、升平乐慢。双调，一百零三字。前后段各十一句，四平韵。

仄仄平平，仄平平仄，平平仄仄平平[韵]。平仄平平，平平仄仄，仄平仄仄平平[韵]。平平仄仄，仄平平、仄仄平平[韵]。平仄仄，仄平平仄仄，平仄平平[韵]。

平仄仄平平仄，仄平平仄仄，平仄平平[韵]。平仄平平，平平仄仄，平平仄仄平平[韵]。平平仄仄，仄平平、平仄平平[韵]。平平仄，仄平平平仄，仄仄平平[韵]。

链接：高平，春秋时称泫氏，战国时称长平，北魏至今称高平。中华民族人文始祖炎帝的故里，中国历史上著名的长平之战的发生地，是著名的“黄梨之乡”和“上党梆子戏剧之乡”。境内有定林寺、羊头山炎帝陵、金峰寺、大粮山景区、游仙寺等名胜古迹。“高平十大碗”是其特有的一套菜：水白肉、核桃肉、水汆丸子、小酥肉、肠子汤、豆腐汤、芥末粉皮汤、天鹅蛋、软米饭、扁豆汤。

羊头山石窟群/晋城·高平　　梁铭/摄

街景/晋城·高平　　梁铭/摄

西湖月　咏陵川

山峦幻叠奇峰，揽绝壁云松，秀姿飘逸。谷凌千壑，擎天一柱，翠连邻泽。西溪春色映，望古寺、崇安居顶出。更有那、红叶斑斓，南北吉祥留迹。

高歌一曲相邀，叹别样高峰，倚天而立。锡崖岩峭，泉流胜景，路凝春色。民风淳厚俗，忆好问、诗游吟画墨。访棋洞、飞瀑寒潭，妙峡迎客。

挂壁公路/晋城・陵川　梁铭/摄

西湖月：双调，一百零四字。前后段各十句，四仄韵。

平平仄仄平平，仄仄仄平平，仄平平仄[韵]。仄平◎仄，平平仄仄，仄平平仄[韵]。◎平平仄仄，仄仄仄、平平平仄仄[韵]。仄仄仄、◎仄平平，◎仄仄平平仄[韵]。

◎平仄仄平平，仄仄仄平平，仄◎平仄[韵]。仄平平仄，平平仄仄，仄平平仄[韵]。平平平仄仄，仄仄仄、平平平仄仄[韵]。仄平仄、平仄平平，仄◎平仄[韵]。

链接：陵川县有崇安寺、西溪二仙庙、礼义崔府君庙、南吉祥寺、北吉祥寺等文物古迹；有西溪、黄围洞、王莽岭、棋子山、佛子山、十里卧佛、红叶风景区等风景名胜；有“别样高峰”的锡崖沟精神和锡崖沟风光。这里造就了一代大教育家郝天挺，其学生元好问在陵川就学时，曾数次游览西溪春色，并写出“期岁之间一再来，青山无恙画屏开”的诗句。

王莽岭/山西·晋城　梁铭/摄

第六辑

塞北朔州

崇福寺/山西・朔州　　梁铭/摄

旧广武古城/山西・朔州　　梁铭/摄

惜寒梅　咏朔州

峙峪沧桑，剑寒光、马邑郡州相约。古道悠长，浩荡风霜染陌。雁门关上鼓成乐。黄沙处、凌烟起幕。威名天下，毓秀钟灵，纵横沟壑。

春藏小峪紫萼。见茵珠翠屏，瀑飞岭凿。营堡烽台，总伴晨曦日落。林城霞蔚耀新阁。右玉绿、碧流映鹤。燕幽芳草，甘霖化瑞，一盏清酌。

惜寒梅：双调，一百字。前段九句五仄韵，后段十句六仄韵。

仄仄平平，仄平平、仄仄仄平平仄[韵]。仄仄平平，仄仄平平仄仄[韵]。仄平平仄仄平仄[韵]。平平仄、平平仄仄[韵]。平平平仄，仄仄平平，仄平平仄[韵]。

平平仄仄仄仄[韵]。仄平平仄平，仄平仄仄[韵]。平仄平平，仄仄平平仄仄[韵]。平平平仄仄平仄[韵]。仄仄仄、仄平仄仄[韵]。仄平平仄，平平仄仄，仄仄平仄[韵]。

链接：朔州，秦代边帅蒙恬在此筑城名马邑。境内有现存最古老的应县木塔，有全国罕见的以减柱艺术筑就的朔城区崇福寺。这里古战场甚多，有北击匈奴的杀虎口、杨家将浴血抗辽的“金沙滩”、戍边屯军的广武古城堡。还有汉墓群、内外长城、峙峪、边耀、鹅毛口等古遗址。域内古有八景：翠屏积雪、小峪藏春、双花晚照、恢河伏流、丰王古墓、美女钓台、林衙古刹、广福钟声。

渡江云　咏朔城

峰巍悬绝壁，紫金叠翠，岚雾绕轻纱。塞上西湖处，涌水神头，流碧到农家。悠悠峙峪，建马邑、秦代奇葩。招远去、鄯阳隋置，渐渐有州衙。

山花。首崇福寺，脊饰琉璃，绘丹青壁画。马文化、灵王骑射，胡服临霞。张辽威震逍遥津，尉迟恭、远驾征车。凝锦绣、南移西拓生华。

渡江云：又名三犯渡江云。双调，一百字。前段十句四平韵，后段九句一仄韵四平韵。

◎平平仄仄，◎平◎仄，◎仄仄平平[韵]。仄◎平◎仄，◎仄平平，◎仄仄平平[韵]。平平◎仄，◎◎◎、◎仄平平[韵]。◎仄◎、◎平◎仄，◎仄仄平平[韵]。

平平[韵]。◎平◎仄，仄仄平平，仄◎平◎仄[叶仄韵]。◎◎◎、平平◎仄，◎仄平平[韵]。◎平◎仄平平仄，◎◎◎、◎仄平平[韵]。平仄仄、◎平◎仄平平[韵]。

链接：朔城区早在旧石器时代晚期就有“峙峪人”在此栖居生息。秦代建马邑县，北齐置招远县，隋改为鄯阳县。是三国时著名的军事将领张辽、隋末唐初名将尉迟恭的故乡。境内有崇福寺、峙峪遗址、大型汉墓群等文物古迹。比较出名的风景名胜有“塞上西湖”神头海、紫金山自然保护区和神头泉组涌水点等。

崇福寺壁画/朔州・朔城　　梁铭/摄

陌上花　咏平鲁

屯兵塞地军营，烽火马嘶争战。剑影刀光，犹踏古关尘卷。尉迟敬德凌烟阁，逐鹿北疆驰旋。蔽风亭、滴水洞中龙迹，落珠难断。

望天门、赏瓦沟流翠，峻峭楼堂高殿。岳障成屏，宝塔映霞临晚。固山顶上亭台秀，松起涛声西岸。誉神奇、掌柜窑村荞麦，奎星光焕。

明海湖/朔州·平鲁　选自《朔州文化名片》

陌上花：双调，九十八字。前后段各八句，四仄韵。

平平仄仄平平，平仄仄平平仄[韵]。仄仄平平，平仄仄平平仄[韵]。仄平仄仄平平仄，仄仄仄平平仄[韵]。仄平平、仄仄仄平平仄，仄平平仄[韵]。

仄平平、仄仄平平仄，仄仄平平平仄[韵]。仄仄平平，仄仄仄平平仄[韵]。仄平仄仄平平仄，平仄平平平仄[韵]。仄平平、仄仄平平平仄，平平平仄[韵]。

链接：平鲁，自古为北方游牧民族与汉民族接壤之地，素有“朔北雄城，塞外天险”之称。明初称老军营，屯军驻防。玄武门之变后，尉迟恭被列“凌烟阁二十四功臣”之一。有神奇美妙的掌柜窑村、乌龙洞。乌龙洞所在的山间寺庙中有“滴水洞”，洞口建有六角“蔽风亭”。有“古八景”：石壁龙迹、奎光映照、恒岳峙屏、天门还翠、宝塔凌霄、龙洞滴珠、固山巍焕、众派汇流。

白草口长城/朔州·山阴　——梁铭/摄

翠楼吟　咏山阴

北望长川，东寻叠岭，三峦比肩凝翠。洪涛山脉秀，汉梁耸高微山魅。雄峰双峙。看雨舞黄花，云飘红蕊。桑干水。茂林盈草，绿茵初赐。

地瑞。勾注屏原，拥月斜名塞，雁横城垒。扼咽喉广武，雁门一夫当关锐。春秋遗媚。仗邑郡芳踪，忠州馨袂。华章惠。似烟如梦，乳香人醉。

翠楼吟：双调，一百零一字。前段十一句六仄韵，后段十二句七仄韵。

仄仄平平，平平仄仄，平平仄平平仄[韵]。平平平仄仄，仄平仄平平平仄[韵]。平平平仄[韵]。仄仄仄平平，平平平仄[韵]。平平仄[韵]。仄平平仄，仄平平仄[韵]。

仄仄[韵]。平仄平平，仄仄平平仄，仄平平仄[韵]。仄平平仄仄，仄平仄平平平仄[韵]。平平平仄[韵]。仄仄仄平平，平平平仄[韵]。平平仄[韵]。仄平平仄，仄平平仄[韵]。

链接：山阴，因位于恒山余支翠微山的阴坡而得名，是闻名全国的奶牛乳品大县。唐为马邑县地，辽置河阴县，金大定七年（1167）始称山阴，此后虽一度改为“忠州”并入金城县，但为时较短，后又复置山阴县。境内有恒山、洪涛山以及黄花岭三座山脉。春秋到唐，此处以勾注塞闻名。唐开始设关，勾注塞为雁门关所代替。广武堡城有新、旧两座，是雁门咽喉。

芙蓉月　咏应县

龙首拱南北，临水处、碧绕东西如注。高原塞外，古郡金城唐府。悠远应州追往，又忆剧阳风雨。滩漠漠，草茫茫，月伴雁门征鼓。

长风送晴曙。见云飞锦翠，虹架天宇。清潭镇子，桑干涓涓流去。木塔辉煌精巧，殿魂铸。玲珑顾。凌绝顶，醉游人，燕随霞舞。

芙蓉月：双调，九十四字。前段九句四仄韵，后段十一句六仄韵。

平仄仄平仄，平仄仄、仄仄平平平仄[韵]。平平仄仄，仄仄平平平仄[韵]。平仄平平平仄，仄仄仄平平仄[韵]。平仄仄，仄平平，仄仄仄平平仄[韵]。

平平仄平仄[韵]。仄平平仄仄，平仄平仄[韵]。平平仄仄，平仄平平平仄[韵]。仄仄平平平仄，仄平仄[韵]。平平仄[韵]。平仄仄，仄平平，仄平平仄[韵]。

链接：应县，西汉置剧阳县，唐末置金城县，五代后唐置应州，民国元年改州为县，始称应县。地处塞外高原，一分山二分川，恒山、龙首、黄花三山南北拱卫，浑河、桑干河东西绕城，山列如屏，水环似带。境内文物古迹有国内最古老最高大的纯木结构楼阁式建筑——佛宫寺释迦塔（俗称“应县木塔”），有殿堂构造精巧的净土寺（又称“北寺”），还有长城、古城、三岗、四镇等古遗址。

佛宫寺释迦塔/朔州・应县　梁铭/摄

秋色横空　咏右玉

秋色横空。见高原翡翠，拥揽春冬。当年塞上荒芜去，而今绿染苍穹。中陵景，玛瑙绒。六十载、愚公尤颂功。绘就金坳玉谷，壮志情融。

芳甸缀花草浓。掩苍河南北，虎口西东。善元古邑寻何处，云呈郁彩天宫。登城堡，极目松。跑马地、风台留胜踪。赏沃野流茵，陶醉落鸿。

古堡/朔州·右玉　　选自《朔州文化名片》

秋色横空：双调，一百零一字。前后段各十句，六平韵。

平仄平平[韵]。仄平平仄仄，仄仄平平[韵]。平平仄仄平平仄，平平仄仄平平[韵]。平平仄，仄仄平[韵]。仄仄仄、平平平仄平[韵]。仄仄平平仄仄，仄仄平平[韵]。

平仄仄平仄平[韵]。仄平平平仄，仄仄平平[韵]。仄平仄仄平平仄，平仄仄仄平平[韵]。平平仄，仄仄平[韵]。仄仄仄、平平平仄平[韵]。仄仄仄平平，平仄仄平[韵]。

链接：右玉，古称善元县，有“塞上绿洲”、“高原翡翠”的美称。苍头河贯穿县境中部，从杀虎口出境注入黄河。60余年来坚持植树造林，改善生态环境，铸就了以“执政为民、尊重科学、百折不挠、艰苦奋斗”为核心的“右玉精神”。有小南山森林公园、中陵湖景区、贾家窑山松涛园、苍头河生态走廊、辛堡梁万亩林海、大南山风景区、杀虎口古文化旅游区等。

紫玉箫　咏怀仁

怀想仁人，心留贤士，雁门关外边城。洪涛倚亘，且面临桑水，天泽初盈。要塞传说，鸣鼓角、继业英名。杨家将，金沙古滩，血战辽营。

刀光点燃烽火，犹女杰培兰，抗日先声。如今盛世，踏歌来、芳草绿叠珠莹。玉瓷砖塔，凝彩韵、缕缕香生。鹅毛口，遗址石场，尽显文明。

清凉山生态旅游区/朔州·怀仁　　于树文/摄

紫玉箫：双调，九十九字。前段十一句四平韵，后段十句四平韵。

平仄平平，平平平仄，仄平平仄平平[韵]。平平仄仄，仄仄平平仄，平仄平平[韵]。仄仄平仄，平仄仄、仄仄平平[韵]。平平仄，平平仄平，仄仄平平[韵]。

平平仄仄平仄，平仄仄平平，仄仄平平[韵]。平平仄仄，仄平平、平仄仄仄平平[韵]。仄平平仄，平仄仄、仄仄平平[韵]。平平仄，平仄仄平，仄仄平平[韵]。

链接：怀仁县因辽太祖与后唐武皇在此相会，取“怀想仁人”之意而得名。有鹅毛口古石器制造场遗址、清凉寺、华严寺塔、清凉山辽代砖塔、永宁寺佛教区、城内庞家大院、小峪辽金时期瓷窑、日中城汉墓群、丹阳王墓、金沙滩墓群等文物古迹。金沙滩是当年宋、辽交战的古战场，也是传说中杨继业兵败罹难的地方。怀仁最早的女共产党员邢培兰，为抗日英勇牺牲在张崖沟。

苍头河风光/山西·朔州　　选自《朔州文化名片》

第七辑

福地忻州

八宝妆　咏忻州

雄踞三关，秀容灵锦，旖旎五台山寺。峰耸云天悬皎月，黛拥清凉凝翠。南台花漫，北顶凌雪雄奇，松声祥雾僧楼丽。犹望妙高风景，蓬莱如媚。

黄河九曲十湾，绕垣润陌，娘娘滩上歌脆。跨秦晋、遥遥相望，走西口、悠悠酸泪。看冰洞、芦芽峡水。纵连恒岳岚烟缀。叠石映红枫，泉声涧影逍遥醉。

芦芽夕照/山西·忻州　　李广洁/摄

八宝妆：又名八宝玉交枝。双调，一百一十字。前段十句四仄韵，后段九句五仄韵。

平仄平平，仄平平仄，仄仄仄平平仄[韵]。平仄平平平仄仄，仄仄平平平仄[韵]。平平平仄，仄⊙平仄平平，平平平仄平平仄[韵]。平仄仄平平仄，平平平仄[韵]。

⊙◎仄仄⊙平，仄平仄仄，◎平平仄平仄[韵]。仄平仄、◎平◎仄，仄平仄、平平平仄[韵]。仄平仄、平平仄仄[韵]。仄平平仄平平仄[韵]。仄仄仄平平，平平仄仄平平仄[韵]。

链接：忻州，古名秀容，险关要塞，素有“晋北锁钥”之称。境内佛教圣地五台山居全国四大佛教名山之首，有五台山、芦芽山、赵杲观、禹王洞四座国家级森林公园，有历史上著名的古长城重要关隘雁门关、宁武关、偏头关，有八路军总部旧址，有黄河娘娘滩、宁武天池、万年冰洞等旅游景点。著名的忻口战役、平型关大战、火烧阳明堡飞机场等战斗就发生在这里。

玉山枕　咏忻府

晋北忻府。禹王洞、仙人处。险关要塞，金山石岭，双乳浮楼，伞盖松树。汉朝高祖抗匈奴，铁马起、笑迎欢鼓。朝圣游、溪石回环，越清潭，更流连馨露。

再寻鲜血盈红土。战忻口、枪杆举。凤仪耀日，貂蝉拜月，极目东岩，静看元墓。纵横河水入云中，秀容景、绿风酥雨。去奇村、顿寨温泉，漫晴岚，叹陀罗无暑。

玉山枕：双调，一百一十三字。前后段各十一句，五仄韵。

仄仄平仄[韵]。仄平仄、平平仄[韵]。仄平仄仄，平平仄仄，平仄平平，仄仄平仄[韵]。仄平平仄仄平平，仄仄仄、仄平平仄[韵]。平仄平、平仄平平，仄平平，仄平平平仄[韵]。

仄平平仄平平仄[韵]。仄平仄、平平仄[韵]。仄平仄仄，平平仄仄，仄仄平平，仄仄平仄[韵]。仄平平仄仄平平，仄平仄、仄平平仄[韵]。仄平平、仄仄平平，仄平平，仄平平平仄[韵]。

链接：忻府区俗称“三关总要”、“晋北锁钥”。是貂蝉故里。境内有向阳遗址、元好问墓、忻口战役遗址、金洞寺、连寺沟墓地、西河头地道战遗址，以及奇村、顿村温泉度假村和禹王洞（俗称“仙人洞”）、金代大诗人元好问故居等景点。有“古八景”：陀罗避暑、仙人棋盘、东岩映月、金山六洞、石岭晴岚、伞盖青松、双乳浮楼、阴山吃石。

金洞寺/忻州·忻府　　梁铭/摄

忻口战役遗址/忻州·忻府　　梁铭/摄

赏南枝　咏原平

古关城锁钥，纵沟壑叠翠，石鼓珠玑。对胜境天涯，岭连处、地角绵亘仙姿。滹水碧、百麓崎。望峡谷、五峰峙依。慧济艺雕宝寺，更玉缀琼枝。

金戈铁马曾骑。剑王留墓，显杨武争池。想旧邑崞州，唐林客、土圣暮晚钟迟。朝夜月、凌绿堤。醉读赋、清吟雅奇。范亭远征威影，正新野神驰。

赏南枝：双调，一百零五字。前段九句五平韵，后段九句六平韵。

仄平平仄仄，仄平仄仄仄，仄仄平平[韵]。仄仄仄平平，仄平仄、仄仄平仄平平[韵]。平仄仄、仄仄平[韵]。仄仄仄、仄平仄平[韵]。仄仄仄平仄仄，仄仄仄平平[韵]。

平平仄仄平平[韵]。仄平平仄，仄平仄平平[韵]。仄仄仄平平，平平仄、仄仄仄仄平平[韵]。平仄仄、平仄平[韵]。仄仄仄、平平仄平[韵]。仄平仄平平仄，仄平仄平平[韵]。

链接：原平，东西绵亘群山为历代之天然界域，阳武河、滹沱河畔是全市之开阔地带。天然名胜、文物古迹遍布全境，有阳武村朱氏牌楼、练家岗慧济寺、崞阳南桥等；有“天涯石鼓”、“五峰叠翠”等胜景；另外还有土圣寺、佛堂寺、楼烦寺、文庙、崞阳关帝庙、慧济寺、崞阳普济桥、续范亭纪念堂、大营温泉等景点。

石鼓寺/忻州·原平　　梁铭/摄

解连环　咏五台

五峰巍叠。正清凉胜境，绿岚宫阙。万物谐、天地祥和，大白塔，南禅显通神阅。三昧文殊，佛光寺、千年香冽。看僧楼梵宇，壑拥翠松，壁挂明月。

蓬莱有谁并列。更妙高舞蝶。台顶凝雪。暮鼓声、犹伴晨钟，渐圣迹临仙，秀姿清绝。彪炳风云，壮铁骨、峥嵘英烈。数名山锦绣，泉绕碧环几越。

解连环：又名望梅、杏梁燕。双调，一百零六字。前段十一句五仄韵，后段十句六仄韵。

仄平平仄[韵]。仄平平仄仄，仄平平仄[韵]。仄仄平、平仄平平，仄仄仄，平平仄平平仄[韵]。平仄平平，仄平仄、平平平仄[韵]。仄平平仄仄，仄仄仄平，仄仄平仄[韵]。

平平仄平仄仄[韵]。仄平平仄仄[韵]。平仄平仄[韵]。仄仄平、平仄平平，仄仄仄平平，仄平平仄[韵]。平仄平平，仄仄仄、平平平仄[韵]。仄平平仄仄，平仄仄平仄仄[韵]。

链接：五台县境内的五台山，位居全国四大佛教名山之首，有南禅寺、佛光寺、显通寺、广济寺等宏伟壮观的古寺庙建筑，保存着丰富的石雕、玉雕、木雕、泥塑、铜铸、铁铸、壁画、书法、碑刻等珍贵艺术品。五台自然文化妙不可言：东台看日出，西台数星星，中台赏月色，北台观积雪，南台赏花草。境内有徐向前元帅故居、松岩口白求恩模范病室旧址、南茹村八路军总部旧址等。

庄严佛国/忻州·五台 崔元和/摄

子夜歌　咏定襄

觅钟灵、沃田润泽，四水贯流馨露。岭三面、峰环碧绕，叠翠落川西遇。阳曲古城，龙山文化，断壁残垣处。赏摩崖、砖塔回风，洪福寺钟，一脉远缘同聚。

集民俗、河边宅第，昔日院深阎府。回忆当年，西河地道，常有红旗舞。叹英贤志士，风云犹擂春鼓。筵席佳肴，定襄蒸肉，皇御宫廷炉。蒋村功、麻纸寻幽，几经寒暑。

南庄风光/忻州·定襄　王浩宇/摄

子夜歌：双调，一百一十七字。前段十句四仄韵，后段十二句五仄韵。

仄平平、仄平仄仄，仄仄仄平平仄[韵]。仄平仄、平平仄仄，仄仄仄平平仄[韵]。平仄仄平，平平平仄，仄仄平平仄[韵]。仄平平、平仄平平，平仄仄平，仄仄仄平平仄[韵]。

仄平仄、平平仄仄，仄仄仄平平仄[韵]。平仄平平，平平仄仄，平仄平平仄[韵]。仄平平仄仄，平平平仄平仄[韵]。平仄平平，仄平平仄，平仄平平仄[韵]。仄平平、平仄平平，仄平平仄[韵]。

链接：定襄县，三面群山环抱，境内四水贯流。境内西社、横山、白村等新石器时代遗址，均属龙山文化。今县城之西南残垣断壁，为西汉阳曲古城遗迹。居士山摩崖碑和七岩山摩崖造像，分别为北魏和东魏石刻。回风砖塔，为宋代遗物。县城北关王庙大殿和北社东洪福寺，均系金代建筑，河边村阎锡山旧居已改造成定襄县河边民俗馆。传统的蒋村手工造纸工艺仍然流传。

望湘人　咏代县

纵秦称广武，隋改代州，雁门关下风卷。历尽沧桑，几多变演。境内滹沱横贯。紫塞南来，朔云西去，兵家争断。忆往昔、烽火狼烟，重镇残垣飞剪。

通达中原彼岸。正商牵集贸，路连河汉。看城堡兵盘，古道别离人眷。秋月影，弄凤山溪畔。古柏南楼钟晚。北嶂秀、璀璨金红，万里晴空春炫。

望湘人：双调，一百零七字。前段十一句五仄韵，后段十句六仄韵。

仄平平仄仄，平仄仄平，仄平平仄平仄[韵]。仄仄平平，仄平仄仄[韵]。仄仄平平平仄[韵]。仄仄平平，仄平平仄，平平平仄[韵]。仄仄平、平仄平平，仄仄平平平仄[韵]。

平仄平平仄仄[韵]。仄平平仄仄，仄平平仄[韵]。仄平仄平平，仄仄仄平平仄[韵]。平仄仄，仄仄平平仄[韵]。仄仄平平平仄[韵]。仄仄仄、仄仄平平，仄仄平平平仄[韵]。

链接：代县，秦立广武县，隋改称代州。雁门关下，南北两山对峙，滹沱河由东北向西南横贯全境。有代州古城、边靖楼、南楼遗址、阿育王藏式塔、杨忠武祠、七郎墓、赵杲观等文物古迹。雁门关被称为“长城第一古关”，有着丰富的历史遗存，如战国赵长城、明长城、围城、关城、瓮城、隘城、古关道、城堡、兵寨、烽火台、校场、兵盘、关署等。

雁门关/忻州·代县　梁铭/摄

金明池 咏五寨

原野川平，山峦翠叠，秀绕朱家河浒。南峰水、清涟万顷，如玉带滋润沃土。望芦芽、苇入云霄，荷展叶、翡翠芙蓉馨雨。更碧泻柔姿，泉流仙韵，紫气含香舒雾。

塞外桃源深何处。把锦绣春秋，尽情留住。临坪顶、高山草甸，两梁上、金花齐舞。只听得、柔曲声声，又锵板威威，道情豪鼓。品风味悠长，杂粮烩菜，醉酒一杯归去。

金明池：又名昆明池、夏云峰。双调，一百二十字。前段十句四仄韵，后段十一句五仄韵。

◎仄平平，平平◎仄，仄仄平平◎仄[韵]。◎◎◎、平平仄仄，◎平仄◎◎◎仄[韵]。仄平平、仄仄平平，◎仄仄、◎仄平平平仄[韵]。仄◎仄平平，◎平平仄，仄仄平平平仄[韵]。

仄仄平平平◎仄[韵]。仄仄仄平平，◎平平仄[韵]。平平仄、平平◎仄，◎◎仄、◎平平仄[韵]。◎平◎、◎仄平平，仄◎仄平平，◎平平仄[韵]。仄◎仄平平，◎平◎仄，仄仄◎平平仄[韵]。

链接：五寨县有“坐在水库上的县”之称。境内主要河流是朱家川河及其支流清涟河；最高山峰芦芽山，似苇尖入云，其荷叶坪，誉名“高山草甸”，犹如“塞外桃源”。境内有多处遗址，如武州古城遗址、方城古城遗址、南禅寺遗址、雪山瑞云禅寺遗址、大寺遗址、五佛寺遗址、马家寺遗址、龙王庙遗址和天院寺遗址等。有南山生态自然旅游区和东西两梁狩猎旅游区。

荷叶坪风光/忻州·五寨　李广洁/摄

龙山会　咏宁武

烽火连关古。耸峙坪山，草甸横秋宇。锦鳞荷叶处。天池水，湖映澄亭琼树。光影掩粼波，又可见、涟漪细雨。峰峦秀、芦芽滴翠，仙临冰府。

泉流沟涧成溪，灵沼汾源，旖旎雷鸣渚。九龙环碧屿。回春谷、迎客百年朝暮。梁峪觅流虾，鸾桥畔、烟虹迷雾。凤凰城、容姿焕发，再擂新鼓。

芦芽仙境/忻州·宁武　　李广洁/摄

龙山会：双调，一百零三字。前段十句六仄韵，后段九句五仄韵。

◎仄平平仄[韵]。仄仄平平，仄仄平平仄[韵]。◎平平仄仄[韵]。平◎仄，◎仄平平平仄[韵]。◎仄仄平平，仄◎仄、平平◎仄[韵]。◎平◎、平平仄仄，◎平◎仄[韵]。

平◎◎仄平平，◎仄平平，仄仄平平仄[韵]。◎平平仄仄[韵]。◎◎仄、◎仄◎平平仄[韵]。◎仄仄平平，◎◎仄、平平◎仄[韵]。◎◎◎、◎平仄仄，仄平平仄[韵]。

链接：宁武是座关城，素有“黄土高原上的绿色明珠”之称，境内有山、水、关、林、洞、谷、石、瀑、寺、甸、草、湖、泉、谷、庙等景观。有宁武关、汾源天池、玄池、明代古楼、凤凰古城、万年冰洞、晓祖宝塔、昌宁公祠、万佛寺、悬崖栈道、悬棺、马仑草原、芦芽山等。著名的“宁武八景”有：汾源灵沼、天池锦鳞、芦芽滴翠、支锅奇石、旁桥烟虹、梁峪流虾、禅房夕照、恢河伏流。

期夜月　咏繁峙

平型关上挂新月。南临五台接。寻五岳，峰北列。环山傍水，谷地狭长穿越。恒叠。悠悠铁角岭凝雪。峦多寺繁迭。东泰戏，源掩碧，孤山晚照，欲滴翠溪灵澈。

风光旖旎锦绣，屋脊耸立，三泉飞冽。秀美高原草甸，峪口晴岚阅。林蝶。悬崖百丈云霞猎。又忆雄关血。虹桥起，彩灯亮，雨堆幻影，醉绕梦临宫阙。

期夜月：双调，一百一十三字。前段十三句八仄韵，后段十二句六仄韵。

平平平仄仄平仄[韵]。平平仄平仄[韵]。平仄仄，平仄仄[韵]。平平仄仄，仄仄仄平平仄[韵]。平仄[韵]。平平仄仄仄平仄[韵]。平平仄平仄[韵]。平仄仄，平仄仄，平平仄仄，仄仄仄平平仄[韵]。

平平仄仄仄仄，仄仄仄仄，平平平仄[韵]。仄仄平平仄仄，仄仄平平仄[韵]。平仄[韵]。平平仄仄平平仄[韵]。仄仄平平仄[韵]。平平仄，仄平仄，仄平仄仄，仄仄仄平平仄[韵]。

链接：繁峙县，北倚恒山，南临五台山，主要山峰有恒山铁角岭，桑干河的上源滹沱河自东向西从境内流过。文物古迹有岩山寺、平型关遗址、公主寺等。秘魔寺的“龙洞”，是佛教徒到五台山必须朝拜之地，有“百丈高崖，艳似朝霞”、“断崖无路只飞梯”、“千年古松成奇观”等景色。平型关战役是抗战以来的第一大胜仗，打破了“日军不可战胜”的神话。

秘魔寺/忻州 · 繁峙　梁铭/摄

青门饮　咏静乐

西汉汾阳，北魏三堆，山峦起伏，湖池依柳。碧水流长，万花香叠，沟壑纵横依旧。天柱龙泉处，波临影、川楼溪奏。塔立云边，文笔凌霄，鹅城凝绣。

烟起洞风神诱。寻玉色驼峰，在松沟后。怪石悬钟，佛崖显字，春翠绿荫时候。濑雨巾岩聚，跨银桥、卧波莲藕。太子灵蛇，月潭映日，香槟黄酒。

青门饮：又名青门引。双调，一百零七字。前段十二句四仄韵，后段十一句五仄韵。

平仄平平，仄平平仄，平平仄仄，◎平平仄[韵]。仄仄平平，仄平平仄，平仄仄平平仄[韵]。◎仄平平仄，◎平◎、平平平仄[韵]。仄◎平◎，◎◎◎◎，平◎平仄[韵]。

◎仄◎平平仄[韵]。平仄仄平平，◎平平仄[韵]。◎仄平平，仄平◎仄，◎仄仄平平仄[韵]。◎仄平平仄，仄◎平、◎平平仄[韵]。仄◎平◎，◎平仄仄，平平平仄[韵]。

链接：静乐县春秋时为晋国汾阳邑，西汉为汾阳县，晋置三堆县，北魏为三堆城，隋开皇十八年（598）改为汾源县，大业四年（608）改名静乐县。县境重峦叠嶂，丘陵起伏，沟壑纵横，汾水流长。有玉石驼峰、月潭映日、移水神象、狮子崖、洞洼、饮马池等景观。“静乐八景”包括：天柱龙泉、文峰凌霄、神烟风洞、悬钟神韵、显字佛崖、千佛净居、巾岩濑雨、太子灵蛇。

田园/忻州・静乐　祁耀明/摄

瑞鹤仙　咏神池

见溪边舞鹤。双龙腾，西海羊水渐泊。清潭无涨落。古开阳，浑朴民情临廓。丘陵叠壑。一场风、春冬尽约。那池塘苇畔，鳞浪层层，玉盘轻掠。

峭壁耸云环顾，莽莽苍苍，草密花萼。杉高松托。听涛海，飞灵雀。雪皑皑，八角三关城堡，冰泉潺潺阡陌。任时光隐却。奇饼郁香信诺。

晨光/忻州·神池　张富元/摄

瑞鹤仙：又名一捻红。双调，一百零二字。前段十一句七仄韵，后段十一句六仄韵。

仄平平仄仄[韵]。◎◎◎，◎◎平◎◎仄[韵]。平平◎◎仄[韵]。◎平◎，◎仄◎平平仄[韵]。◎平仄仄[韵]。仄◎平、平◎仄仄[韵]。仄平平仄仄，平◎◎◎，仄◎平仄[韵]。

仄◎仄平平◎，◎◎平◎，仄◎平仄[韵]。◎平仄仄[韵]。◎◎仄，◎平仄[韵]。仄平平，◎仄平平平仄，平◎◎◎◎仄[韵]。仄平平仄仄[韵]。平◎仄平仄仄[韵]。

链接：神池县名由来有一定的传奇色彩。相传古时有一女子，未婚而生双龙，龙子腾空而去，龙母亦不见，但见其羊水渐涨，遂成西海子，从此这一泓水，来无源、去无迹，旱不涸、涝不溢，名曰“神池”。这里风大沙多，“一年一场风，从春刮到冬”。境内有西海子、长城、圆明观、辘轳窑沟悬空寺等。这里的特产有以香、鲜、酥、甜闻名的神池月饼。

向湖边　咏河曲

世外桃源，蓬莱仙境，岛上人家犹在。险隘雄关，况长城通塞。绕曲来、三面环流，黄河穿越，滩上孤烟凝黛。天际云峰，渐高原翠载。

古渡西口，唱尽辛酸爱。潮涌梦想去，留几多豪迈。独领风骚，算民歌声外。料二人台上情澎湃。禹王庙、戏台临河高处盖。寺隐山林，正海潮花带。

向湖边：双调，一百零四字。前段十句四仄韵，后段十句六仄韵。前段第五句、结句，后段第四句、第六句、结句，作上一下四句法。

仄仄平平，◎平平仄，◎仄◎平◎仄[韵]。仄仄平平，仄平平平仄[韵]。仄◎◎、平仄平平，◎平平仄，◎仄◎平平仄[韵]。◎仄平平，仄◎平◎仄[韵]。

仄仄平◎，仄仄平平仄[韵]。平◎仄仄仄，平平平◎仄[韵]。◎仄平平，仄平平平仄[韵]。仄平◎◎仄◎平仄[韵]。◎平仄、◎仄◎平平仄仄[韵]。◎仄平平，仄◎平平仄[韵]。

链接：河曲是一座集黄河自然奇景与人文奇景于一体的文化名城。有“晋西北小五台山”美称的海潮禅寺，有河神庙、香山庙、宝塔寺、岱岳殿寺庙、弥佛洞、石径禅院、文庙、娘娘庙、三官庙、娘娘滩、状元塔等。一曲《走西口》，使天下人都知道，黄河拐弯处，有一座叫河曲的古城。河曲的民歌艺术，可以说在山西独领风骚。最常见的表现形式就是“二人台”。

娘娘滩/忻州・河曲　　武涛/摄

西吴曲　咏岢岚

岢岚山、碧弄漪影。望长城古堡、伴云岭。忆边关瘦月，风烟凌塞驰骋。草甸红霞，羊背上、荷坪花盛。一览去、钟鼓双楼，再俯瞰、浩垣盈胜。

水凝灵韵，观绿色舟城，滨河又添秀景。踏石径。彩虹空绚环林，尖峰云际，造势依山傍境。峥嵘时代，主席转战临居，留语话千秋，寰宇卫星咏。

自然的旋律/忻州·岢岚　梁达/摄

西吴曲：双调，一百零五字。前段八句五仄韵，后段十一句四仄韵。

仄平平、仄仄平仄[韵]。仄平平仄仄、仄平仄[韵]。仄平平仄仄，平平平仄平仄[韵]。仄仄平平，平仄仄、平平平仄[韵]。仄仄仄、平仄平平，仄仄仄、仄平平仄[韵]。

仄平平仄，平仄仄平平，平平仄平仄仄[韵]。仄仄仄[韵]。仄平平仄平平，平平平仄，仄仄平平仄仄[韵]。平平平仄，仄仄仄仄平平，平仄仄平平，平仄仄平仄[韵]。

链接：岢岚，因境内有岢岚山、岚漪河而得名。境内有宋长城、毛主席路居馆、太原卫星发射中心、避暑胜地荷叶坪、云际寺等。其钟鼓楼实为姊妹楼，钟楼上悬大钟一口，有匾“响凌霄汉”；鼓楼上悬匾“关河一览”，登楼俯瞰，县城全貌尽收眼底。当年毛泽东率领中共中央机关转战西柏坡途中路居岢岚，发表了重要讲话，并留下“岢岚是个好地方”的赞誉。

双声子　咏偏关

北邻清水，谷凝沟壑，边防烽火春秋。凌霄文笔，巍峨琼塔，天硕紫塞平畴。叹池湖百折，湾染绿、千叠川流。雄关处，白衣庙，云霞岩洞同游。

影如虹，桥跨溪涧岭，炊烟化雨蒙绸。寻芳泉石，春风余碧，山空引水金牛。看蛟龙变幻，神匠巧、河远悠悠。金驼伏塞沙丘，暖潭戏草牵幽。

老牛湾/忻州·偏关　　樊文珍/摄

双声子：双调，一百零四字，前段十一句四平韵，后段十句四平韵。

仄平平仄，仄平平仄，平仄平仄平平[韵]。平平平仄，平平平仄，平仄仄仄平平[韵]。仄平平仄仄，平仄仄、平仄平平[韵]。平平仄，仄平仄，平平平仄平平[韵]。

仄平平，平仄平仄仄，平平仄仄平平[韵]。平平平仄，平平平仄，平平仄仄平平[韵]。仄平平仄仄，平仄仄、平仄平平[韵]。平平仄仄平平，仄平仄仄平平[韵]。

链接：偏关县地处晋蒙交界处，北靠长城，与内蒙古清水河县接壤，西临黄河，与内蒙古准格尔旗隔河相望。境内有明长城、文笔凌霄塔、隆岗寺、古烽火台、岩洞、白衣庙、白龙地、九龙寺、万佛洞、迤西钟乳石洞、骆驼山、老牛湾、黄龙池等旅游景点。有为历代文人墨客所称道的壮观的“古八景”：偏河曲流、文笔凌霄、玉清真境、石沼兴龙、金驼沙伏、暖泉冬草、驼洞斗蝶、溪洞流山。

烽火台/忻州·保德　　梁达/摄

宴琼林　咏保德

三晋古林胡，在保德之州，阡陌春夏。走西口、背井苦寒多，短笛忧思河坝。歌声处，唱心酸，叹斜阳落下。伴天涯、阅尽沧桑去，借东风催马。

厚土文明，育智勇先民，千秋词话。举大业、锦城如画。有亭楼轩榭。川形胜、松涛柏翠，吞云口、九龙遥跨。醉登天桥，钓鱼台上，秧歌道情耍。

宴琼林：双调，一百零四字。前段十句四仄韵，后段十句五仄韵。

平仄仄平平，仄仄仄平平，平仄平仄[韵]。仄平◎、仄仄仄平平，仄仄◎平平仄[韵]。平平仄，仄平平，仄平平仄仄[韵]。仄平平、仄仄平平仄，仄平平平仄[韵]。

仄仄平平，仄仄仄平平，平平平仄[韵]。仄仄仄、仄平平仄[韵]。仄平平◎仄[韵]。平平仄，平平仄仄，◎平仄、仄平平仄[韵]。仄平平平，仄平平仄，平平仄平仄[韵]。

链接：保德，春秋属晋，为林涛寨。晋三分后，为楼烦所据，名曰林胡，又名澹林。自然景观有：黄河外景、飞龙山公园、黄河日落。古迹有国家级古脊椎三趾马化石保护群、林遮峪新石器遗址、商代青铜器出土文物保护区、陈烈女祠建筑群、故城古文化遗址、奇瑜古墓、钓鱼台石窟、金峰寺、神峰寺、保德烈士堂、晋绥二中旧址等。

五台山/山西·忻州　　武涛/摄

第八辑

揽胜晋中

湘江静　咏晋中

云霞斜映汾河浦。忆沧桑、老城幽古。山林水瀑，楼轩榭阁，掩亭台仙聚。史韵出平遥，城垣上、神龟来去。灯悬大院，庄园巧筑，绵山庙、子推驻。

看晋商，寻鼻祖。溯春秋、汇通寰宇。钱庄票号，诚儒守信，踏金融先旅。祁太闹秧歌，听花戏、霸王鞭舞。风流大寨，精神放彩，东风再鼓。

一代儒商——常家/山西·晋中　梁铭/摄

湘江静：又名潇湘静。双调，一百零三字。前段十句五仄韵，后段十一句五仄韵。

⊙◎平⊙平◎仄[韵]。仄平⊙、仄平平仄[韵]。平平仄仄，⊙平仄仄，仄平平平仄[韵]。◎仄仄平平，◎平仄、平平平仄[韵]。平平仄仄，平平仄⊙，平⊙仄、仄平仄[韵]。

仄仄平，平仄仄[韵]。仄平平、仄平平仄[韵]。平平仄仄，平平仄仄，仄平平平仄[韵]。◎仄仄平平，平平仄、仄平平仄[韵]。平平仄仄，平平仄仄，平平仄仄[韵]。

链接：晋中是晋商故里，历史文化底蕴深厚。境内自然和人文景观星罗棋布，有平遥、祁县两座国家历史文化名城，左权龙泉、寿阳方山、榆次乌金山三处国家森林公园。形成了以晋商文化为主要特色的“一城（平遥古城）、两寺（双林寺、资寿寺）、三山（乌金山、绵山、石膏山）、五院（曹家大院、乔家大院、渠家大院、王家大院、常家庄园）”等旅游景点。

昼锦堂　咏榆次

衙署城池，庄园堡寨，古村祠庙仙坛。井峪寒泉喧瀑，涂水洪潭。源池荷花香十里，榆城烟柳翠丝帘。神林雪，时雨罕山，龙门晚照霞淹。

凝岚。斗拱处，街市景，庙楼飞翘重檐。碧掩乌金草木，耸峙峰尖。低亭高阁常家去，戏台窑洞后沟添。当年忆，犹见晋商驼队，穿越云杉。

昼锦堂：双调，一百零二字。前段十句四平韵，后段十一句五平韵。

◎仄平平，平平仄仄，◎◎平仄平平[韵]。仄仄◎平平仄，◎仄平平[韵]。◎◎◎◎平◎仄，◎平◎仄仄平平[韵]。平平仄，◎仄◎平，平平仄仄平平[韵]。

平平[韵]。◎仄仄，平仄仄，◎平◎仄平平[韵]。仄仄平平◎仄，仄仄平平[韵]。◎平◎仄平平仄，◎平◎仄仄平平[韵]。平平仄，平仄◎平◎仄，◎仄平平[韵]。

链接：榆次，古称涂水、魏榆，中国晋商文化之乡。境内古代城池、衙署、寺观、庙坛、堡寨等遍布全区，形成了“庄园、老城、古村、森林公园”四位一体的格局。有榆次老城、城隍庙、常家庄园、乌金山、后沟古村、清虚阁等文物古迹。旧时曾有“榆次八景”之说，即：罕山时雨、涂水洪涛、龙门晚照、源池荷花、榆城烟柳、井峪寒泉、神林积雪、蔺郊无霜。

常家庄园/晋中・榆次　　梁铭/摄

春到后沟/晋中・榆次　　梁铭/摄

绵山/晋中・介休　梁铭/摄

梦芙蓉　咏介休

绵山风景魅。纵汾河似带，岳屏叠翠。踏青阡陌，犹见柳牵蕊。聚三贤故里。千秋祠庙仙蔚。介子名臣，却焚身火海，忠孝越天外。

绿荫飞红落瑞。原野清风，溢彩流光醉。玉珠裙曳，惊抱腹岩内。碧塘荷露缀。风姿绰约凝媚。岁岁清明，伴桃源锦绣，寒食节情在。

梦芙蓉：双调，九十七字。前后段各十句，六仄韵。

平平平仄仄[韵]。仄平平仄仄，仄平仄仄[韵]。仄平平仄，平仄仄平仄[韵]。仄平平仄仄[韵]。平平平仄平仄[韵]。仄仄平平，仄平平仄仄，平仄仄平仄[韵]。

仄仄平平仄仄[韵]。平仄平平，仄仄平平仄[韵]。仄平平仄，平仄仄平仄[韵]。仄平平仄仄[韵]。平平仄仄平仄[韵]。仄仄平平，仄平平仄仄，平仄仄平仄[韵]。

链接：介休，依介子推休于此而得名。境内绵山如屏耸立，其抱腹岩岩顶伸出，呈抱腹状。当年晋文公返国赏随臣，介子推不言禄，与母隐居绵山，晋文公焚林求贤，子推竟与母抱树而死，至今有清明寒食节登山拜介公的传统。因史出春秋时期割股奉君的介子推、东汉时期博通典籍的郭林宗和北宋时期出将入相五十载的文彦博三位贤士，素有“三贤故里”之称。

凤池吟　咏平遥

汉置中都，古陶悠久，历历几度秋春。赏龟城秀景，金汤永固，铁壁长轮。庙宇官衙，市楼静耸伴流云。红墙绿瓦，明清街巷，再看梁村。

双林彩塑精湛，国宝奇艺绝，几代藏珍。拥谷临汾水，碧含波韵，曲酿佳醇。举世平遥，五洲惊胜叹其魂。时空去、日升昌，票号乾坤。

街景/晋中·平遥　　李广洁/摄

凤池吟：双调，九十九字。前段十一句四平韵，后段十句四平韵。

仄仄平平，仄平平仄，仄仄仄仄平平[韵]。仄平平仄仄，平平仄仄，仄仄平平[韵]。仄仄平平，仄平仄仄仄平平[韵]。平平仄仄，平平平仄，仄仄平平[韵]。

平平仄仄平仄，仄仄平仄仄，仄仄平平[韵]。仄仄平平仄，仄平平仄，仄仄平平[韵]。仄仄平平，仄平平仄仄平平[韵]。平平仄、仄平平，仄仄平平[韵]。

链接：平遥，上古时期称古陶，春秋时为晋国中都地，汉置中都县。明朝初年，始建城墙，后多次重筑扩修。鸟瞰古城形如龟状，以喻古城坚如磐石，金汤永固。这里完整地保存了明清以来的城墙、街道、店铺、民居等历史遗迹，有双林寺、镇国寺、文庙、慈相寺、清虚观、市楼、金庄文庙、城隍庙、古县衙等文物古迹。有以日升昌为首的中国最早的金融机构——票号和古村落梁村。

无边寺白塔/晋中·太谷　　梁铭/摄

定风波　咏太谷

溯源渊、白塔前先，北周筑城兴土。孔宅别墅，曹家古寨，楼阁亭台驻。晋商通，茶马路。手握朱提闯寰宇。听鼓。见四合瓦舍，荷塘燕语。

白银谷相遇。鸽凌空、凤展蛟龙舞。水淙淙，酎寺泉清水碧，乌马河流渡。定坤丹，留美誉。再饮龟龄集酒去。闻雨。太谷甘饼，香飘宫府。

定风波：又名定风流、定风波令。双调，一百字。前段十一句六仄韵，后段十一句七仄韵。

仄平平、◎仄平平，◎平仄◎◎仄[韵]。仄仄平平，平平仄仄，◎仄平平仄[韵]。仄平平，◎◎仄[韵]。◎仄平平仄平仄[韵]。平仄[韵]。仄◎◎◎仄，平平◎仄[韵]。

仄平仄平仄[韵]。仄平平、仄仄平平仄[韵]。仄平平，仄仄平平仄仄，平仄平平仄[韵]。仄平平，◎◎仄[韵]。◎仄平平仄◎仄[韵]。平仄[韵]。仄◎◎◎，平平平仄[韵]。

链接：太谷县与祁县、平遥共同成为闻名遐迩的晋商故里，固有“金太谷”、“小北京”之誉。县城原在白塔村，民间有“先有白塔村，后有太谷城”之说。境内有曹家大院（三多堂）和孔祥熙宅院等诸多晋商大院遗存。有白燕遗址、无边寺、净信寺、鼓楼等古迹。是盛唐诗人白居易的祖籍地。久负盛名的宫廷圣药“龟龄集”和“定坤丹”出产于太谷。特色产品有壶瓶枣、龟龄集酒、太谷饼等。

六花飞　咏祁县

通衢驿路，板山关隘，渐壑横沟断。沃土平川，有粮丰林贯。在中堂、乔家大院，院有院，高挂灯笼虹光炫。古城门、瞻凤挹汾，凭麓拱辰见。

南湖九沟景，北山西塔，应洞桥仙苑。镇河楼阁，把玲珑初现。且走进王允故里，俚俗调，一曲秧歌红街面。忆王维王绩，韵留天下念。

六花飞：双调，一百零一字。前后段各十句，四仄韵。

平平仄仄，仄平平仄，仄仄平平仄[韵]。仄仄平平，仄平平平仄[韵]。仄平平、平平仄仄，仄仄仄，平仄平平平平仄[韵]。仄平平、平仄仄平，平仄仄平仄[韵]。

平平仄平仄，仄平平仄，仄仄平平仄[韵]。仄平平仄，仄平平平仄[韵]。仄仄仄平仄仄仄，仄仄仄，仄仄平平平平仄[韵]。仄平平平仄，仄平平仄仄[韵]。

链接：祁县地当通衢，古时有两条驿路通过。有乔家大院、祁县古城、渠家大院、九沟风景旅游区、何家大院、镇河楼等旅游景点。民居代表作乔家大院和渠家大院，被誉为“双璧”，乔家大院是乔家“在中堂”（乔致庸的堂名）的宅院。祁太秧歌，乡间流传之词调俚曲甚广。这里是王允的故里，也是王维、王绩的祖籍。

乔家大院/晋中・祁县　　武涛/摄

满朝欢　咏灵石

名宅王家，胜居华夏，民间紫禁城堡。远久钟灵一石，瑰丽神妙。沧桑古镇，阅深巷族祠，高堂宗庙。翠顶秀峰，周槐载德，千秋妖娆。

溶洞悬崖绝壁，野趣山泉，殿宇听松寻皎。石膏乳笋，寺院依云临沼。资寿窗雕，介林门画，碧瓦凌空闪耀。大峡谷处红岩，惊叹天工风啸。

满朝欢：双调，一百零一字。前段十一句四仄韵，后段十句四仄韵。

平仄平平，仄平平仄，平平仄仄平仄[韵]。仄仄平平仄仄，平仄平仄[韵]。平平仄仄，仄平仄仄平，平平平仄[韵]。仄仄仄平，平平仄仄，平平平仄[韵]。

平仄平平仄仄，仄仄平平，仄仄平平平仄[韵]。仄平仄仄，仄仄平平平仄[韵]。平仄平平，仄平平仄，仄仄平平仄仄[韵]。仄仄仄仄平平，平仄平平平仄[韵]。

链接：灵石县，于隋开皇十年（590）置县，当时文帝杨坚北巡挖河道，获一巨石，似铁非铁，似石非石，色苍声铮，以为灵瑞，遂命名为“灵石”。境内有被誉为“中国民间故宫”、“山西的紫禁城”和“华夏民居第一宅”的王家大院；有文化名镇静升古镇、石膏山风景名胜区、红崖大峡谷、介庙、中国式古堡——夏门古堡，以及千年古刹资寿寺、韩信墓、周槐等景点。

王家大院/晋中·灵石　李广洁/摄

秋夜月　咏昔阳

沧桑秋月。看蒙山，峦欲雨，霏霏烟越。石马寒云凝秀，雾生冬雪。园林处，寻古寺，空门霜别。池塘、洪水碧波无竭。

山光林叠。望奇峰，皋落翠，神龙潭迭。一脉涟漪沾水，影拖兰冽。阴崖寒，松岭顶，太行凌绝。大寨、唱曲赞歌情悦。

水磨头渔乡/晋中·昔阳　梁铭/摄

秋夜月：双调，八十四字。前后段各十句，五仄韵。

平平平仄[韵]。仄平平，平仄仄，◎平平仄[韵]。仄仄平平平仄，仄平平仄[韵]。◎平◎，平◎仄，◎平◎仄[韵]。◎◎、◎仄仄平平仄[韵]。

平平平仄[韵]。仄平平，平仄仄，◎平平仄[韵]。仄仄平平平仄，仄平平仄[韵]。◎平◎，平◎仄，◎平◎仄[韵]。◎◎、◎仄仄平平仄[韵]。

链接：昔阳，古称乐平。境内有“八景”，即：蒙山烟雨、沾水青蓝、古寺园林、洪水池塘、石马寒云、昔阳花木、松峰积雪、皋落奇峰。古迹石马寺是一座石刻造像与庙堂建筑相结合的佛教寺宇。“农业学大寨”期间，大寨人硬是靠人力，打石筑坝、填土造田，把荒山改造成了新的“大寨田”，造就了大寨人坚忍不拔、自强不息的精神。

喜朝天　咏和顺

紫云来。伴欢畅流溪，翠影青苔。要隘关岭，里恩河水，阳曲临崖。名胜风光秀丽，把牛郎织女爱情猜。夫子岭、弦腔绝唱，音域徘徊。

姑岩走马槽外，渡水帘溶洞，如到蓬莱。裂谷山断，险壁陡峭，一翼雄开。阡陌高寒寂寞，静星语、听鹊架桥开。清幽处、层林苍郁，佳境春台。

夫子岭/晋中・和顺　武涛/摄

喜朝天：双调，一百零一字。前段十句五平韵，后段十句四平韵。

仄平平[韵]。仄平仄平平，仄仄平平[韵]。仄仄平仄，仄平平仄，平仄平平[韵]。平仄平平◎仄，仄平平◎◎仄平平[韵]。平仄仄、◎平◎仄，平仄平平[韵]。

平平仄仄平仄，仄仄平平仄，平仄平平[韵]。仄仄平仄，仄仄仄仄，仄仄平平[韵]。◎仄平平仄仄，仄平◎、平◎仄平平[韵]。平◎仄、平平平仄，◎仄平平[韵]。

链接：和顺是“中国牛郎织女文化之乡”，是牛郎织女传说的起源地。形成了以阳曲山、阳曲溶洞、云龙山、合山龙泉寺等为主的生态旅游区，以夫子岭、走马槽、姑岩庙、水帘洞、一线天、晋冀交界太行山断裂带为主的太行风光旅游带。主要关隘有松子岭关、黄榆岭关、马岭关，均地处险境，为交通要冲。几大景区附近有为游客提供吃住、娱乐、采摘等一系列体验太行农家风情的旅游项目。

山色/晋中·左权　　武涛/摄

松梢月　咏左权

古置辽城。峰屏晋疆锁，临水漳清。苔草凝翠，飞瀑峡谷泉盈。北国江南风情聚，落玉带、紫殿红亭。老寨秋晚，斜阳里，看枫叶娉婷。

祝融风景秀，北郭岚雾骤，云洞天庭。石佛松罩，疑有雀鹭飞鸣。一曲民歌天池醉，伴舞蹈、小戏花声。浩气威震，麻田血，染英名。

松梢月：双调，九十七字。前段十句五平韵，后段十句四平韵。

仄仄平平[韵]。平平仄仄仄，平仄平平[韵]。平仄平仄，平仄仄仄平平[韵]。仄仄平平平平仄，仄仄仄、仄仄平平[韵]。仄仄平仄，平平仄，仄平仄平平[韵]。

仄平平仄仄，仄仄平仄仄，平仄平平[韵]。仄仄平仄，平仄仄仄平平[韵]。仄仄平平平平仄，仄仄仄、仄仄平平[韵]。仄仄平仄，平平仄，仄平平[韵]。

链接：左权，古置辽州，后为辽县，为纪念左权将军，遂更县名为左权县。境内有集自然景观和人文景观、北国雄风和江南秀色于一体的太行山风光。是全国颇负盛名的“歌舞之乡”，素有“民歌的海洋”、“小花戏之乡”的美称。主要名胜有：麻田八路军总部纪念馆、左权将军纪念亭等。左权将军是八路军在抗日战场上牺牲的最高指挥员。

水晶帘　咏寿阳

沟壑丘陵畔。翠峦耸、山环河远。古阁文昌，正错落三层，叠檐雄展。夏季清凉无热浪，冷早顾、春花暮晚。戏清波，影弄朝阳，凤飞瑞现。

潇河水流苑。渐馨苔草色，花开香染。辨石门遗迹，五峰塔殿。云雾方山飘紫燕。舞瑶草、黄门又见。尹灵芝，先烈英名，永留史卷。

水晶帘：双调，九十八字。前后段各十句，五仄韵。

平仄平平仄[韵]。仄平仄、平平平仄[韵]。仄仄平平，仄仄仄平平，仄平平仄[韵]。仄仄平平平仄仄，仄仄仄、平平仄仄[韵]。仄平平，仄仄平平，仄平仄仄[韵]。

平平仄平仄[韵]。仄平平仄仄，平平平仄[韵]。仄仄平平仄，仄平仄仄[韵]。平仄平平平仄仄，仄平仄、平平仄仄[韵]。仄平平，平仄平平，仄平仄仄[韵]。

链接：寿阳，西晋太康年间置县，因县城地处寿水之阳而名。境内有方山国家森林公园、傅山修炼地五峰山，以及清代名人、“三代帝王师”祁寯藻故居和刘胡兰式的女英雄尹灵芝烈士陵园、文昌阁等名胜景点。这里夏季气候凉爽，有“冷寿阳，春晚无花秋早霜”之说，是理想的旅游避暑胜地。文昌阁采用木结构建筑，重檐三层，建造雄伟，错落有致。有“寿阳八景”：建公蛇穴、丹凤朝阳、寿水清波、神蝠方山、石门禹迹、五峰叠翠、方山云雾、古镇黄门。

尹灵芝烈士陵园/晋中·寿阳　梁铭/摄

祁寯藻故里/晋中·寿阳　梁铭/摄

云竹镇·枣林沟/晋中·榆社　　梁铭/摄

惜寒梅　咏榆社

翠绕箕城，水相间、纵贯碧漳清浊。运胜文峰，步月砖梯石凿。叠峦岚顶塔尖约。叮当醉、风铃挂角。桃源寻寺，俊秀禅山，涧边惊雀。

聆风月下问鹊。似亭楼鼓钟，白龙梦托。香客如云，史韵悠悠古岳。莺啼云竹雾轻掠。浩渺处、筑湖弄泊。白庄之战，旗飘捷报，锦绣凝萼。

惜寒梅：双调，一百字。前段九句五仄韵，后段十句六仄韵。

仄仄平平，仄平平、仄仄仄平平仄[韵]。仄仄平平，仄仄平平仄仄[韵]。仄平平仄仄平仄[韵]。平平仄、平平仄仄[韵]。平平平仄，仄仄平平，仄平平仄[韵]。

平平仄仄仄仄[韵]。仄平平仄平，仄平仄仄[韵]。平仄平平，仄仄平平仄仄[韵]。平平平仄仄平仄[韵]。仄仄仄、仄平仄仄[韵]。仄平平仄，平平仄仄，仄仄平仄[韵]。

链接：榆社是闻名世界的“化石之乡”。春秋鲁僖公三十三年，晋人败敌于箕，即箕城。境内群山环绕，浊漳河纵贯县境，山水相间、风景秀丽。有响堂寺、千佛洞、崇圣寺、石勒墓、邓峪石塔、黑神山、浊漳北源、文峰塔、化石馆、云簇水库、南村造像等景点。抗战时期，我军曾经在白庄对日军打了一场漂亮的伏击战。

常家庄园/山西·晋中　　武涛/摄

第九辑

英雄吕梁

望海潮　咏吕梁

黄河穿峡，三川交汇，冬临抖气凝华。云顶柏洼，庞泉树塔，小溪淌过农家。北武染红霞。碛口听船浪，古韵居衙。新落廊桥，向阳沟里看桃花。

汾河碧意鱼虾。见文波峪漾，竹酒天涯。惟女武皇，胡兰壮烈，地灵人杰群夸。皮影弄清纱。伞头秧歌漫，醉枣无瑕。巧剪轩窗锦绣，馨乐饮香茶。

庞泉沟/山西・吕梁　梁铭/摄

望海潮：双调，一百零七字。前段十一句五平韵，后段十一句六平韵。开头两句和第四、五两句均为四字对。第八句应作上一下四，如作上二下三，前后段当一律。

◎平平仄，平平◎仄，◎平◎仄平平[韵]。◎仄仄平，平平仄仄，◎平◎仄平平[韵]。◎仄仄平平[韵]。仄◎◎◎仄，◎仄平平[韵]。◎仄平平，仄平平仄仄平平[韵]。

平平仄仄平平[韵]。仄平平◎仄，◎仄平平[韵]。◎仄仄平，平平仄仄，◎平◎仄平平[韵]。平仄仄平平[韵]。仄◎平◎仄，◎仄平平[韵]。◎仄平平仄仄，平仄仄平平[韵]。

链接：吕梁，因吕梁山脉由北向南纵贯全境而得名。市区境内的骨脊山，古称吕梁山。三川河由北川河、东川河、南川河及三川河柳林段合称，柳林清河因有温泉而称“抖气河”。这里汉画像石驰名中外，有著名的“酒都”杏花村，武则天、刘胡兰的故乡文水县；有北武当山、碛口黄河古渡、庞泉沟、玄中寺、吕梁英雄广场、蔡家崖晋绥革命纪念地、晋绥烈士陵园、刘胡兰纪念馆、武则天庙等景点。

雨中花　咏离石

河绕三川，花香两岸，翠凝凤虎龙山。看新滩七里，古韵千年。白马洞中怪石，黄垆岭上云烟。登高望远，琼林茂盛，碧水清环。

时空越过，历尽沧桑，治洪大禹英贤。犹闻得，自成率部，勇武争先。跑马云滩草甸，读书安国楼轩。石州锦绣，霓霞映彩，玉露霖泉。

离石市貌/吕梁·离石　　王彦军/摄

雨中花：又名雨中花慢。双调，九十六字。前段十句四平韵，后段十一句四平韵。

◎仄平平，◎平仄仄，◎平仄仄平平[韵]。◎◎平仄仄，◎仄平平[韵]。◎仄◎平仄仄，平◎◎仄平平[韵]。◎平仄仄，◎平仄仄，◎仄平平[韵]。

◎平◎仄，◎仄平平，◎平◎仄平平[韵]。平◎仄，◎平仄仄，◎仄平平[韵]。仄仄◎平仄仄，◎平仄仄平平[韵]。◎平仄仄，◎平◎仄，◎仄平平[韵]。

链接：离石，古称石州，四周有凤山、龙山、虎山环绕。境内有安国寺、白马仙洞、黄垆岭、千年景区等景点。安国寺原名安吉寺，该寺依山势而建，整体布局错落有致，亭台楼阁、殿宇禅房相连，这里还有于清端公祠、于成龙读书楼等。白马仙洞内怪石嶙峋，尖石如剑，方石如床，池潭清澈。西华镇草甸群山环抱、松柏成林、清泉中涌、天高云淡，是一片典型的亚高山草甸区。

曲游春　咏孝义

源溯春秋去，北魏临永安，名达华夏。奉母情缘，在邑人郑兴，孝行天下。割股成佳话。虎仗义、救樵沟坝。辈出贤、锯树留邻，阳溪谷里寻桦。

水榭。新城如画。映帘满楼台，云集商厦。六壁斜阳，隐元都上殿，胜溪春稼。碗碗腔音雅。百强榜、纵横跃马。摇醉皮影流虹，琼空月挂。

曲游春：双调，一百零二字。前段十句五仄韵，后段十一句七仄韵。

◎仄平平仄，仄◎平平仄，平仄平仄[韵]。仄仄平平，仄◎平◎仄，◎平平仄[韵]。仄仄平平仄[韵]。◎仄仄、仄平平仄[韵]。仄仄平、仄仄平平，平◎仄◎平仄[韵]。

仄仄[韵]。平平◎仄[韵]。仄◎仄平平，平仄平仄[韵]。◎仄平平，◎平平仄仄，◎平平仄[韵]。◎仄平平仄[韵]。仄仄仄、◎平◎仄[韵]。◎仄◎仄平平，◎平仄仄[韵]。

链接：孝义，春秋时晋置瓜衍县，北魏改置永安县，唐贞观元年（627）以邑人郑兴孝行闻名于朝，敕赐名孝义县。有“割股奉母”、“义虎救樵夫”和“锯树留邻”的历史典故。境内有中阳楼、临黄塔、琉璃塔、报国亭、慈胜寺、永福寺、三皇庙等文物古迹。有“古八景”：柏山烟雨、薛颉晚照、神坟暮雪、元都春色、六壁斜阳、上殿晴岚、魏冢寒云、双桥秋水。有皮影、木偶戏、皮腔、碗碗腔等传统民间文化。

中阳楼/吕梁·孝义　蒋建林/摄

太符观/吕梁·汾阳　　梁铭/摄

汾酒文化园/吕梁·汾阳　　梁铭/摄

露华　咏汾阳

汾州古府。倚子夏绵山，峪道馨雨。旖旎西河，名邑居汾阳处。凭借地利人和，见胜迹留无数。文峰塔，金临圣母，马刨泉注。

杏花老酒赢誉。赏一洞桃花，红若霞雾。小米核桃佳品，香满琼聚。金锁要塞城关，犹响子仪王鼓。听布谷，春雷更催远旅。

露华：又名露华慢。双调，九十二字。前段十句五仄韵，后段九句五仄韵。

◎平仄仄[韵]。仄仄仄平平，仄仄平仄[韵]。仄仄◎平，◎仄◎平平仄[韵]。仄◎◎仄平平，仄仄仄平平仄[韵]。平◎仄，平平仄◎，仄◎平仄[韵]。

◎平仄仄平仄[韵]。仄仄仄平平，平仄平仄[韵]。仄仄仄平平仄，◎仄平仄[韵]。◎仄仄仄平平，◎仄仄平平仄[韵]。平仄仄，平平仄平仄仄[韵]。

链接：汾阳，因位于汾河之阳（西）而得名。曾名西河、汾州，后升州为府，故名汾州府。境内有明代南薰楼、国内砖结构第一高塔文峰塔、金代建筑太符观、富于神话色彩的马刨神泉及圣母庙的贴金壁画，自然景观有三十里桃花洞、金锁关等。古文化遗址有峪道河遗址、杏花村遗址、北垣底遗址等。是宋之问的故里。大将郭子仪祖籍汾阳，是平定“安史之乱”的大功臣，被封为汾阳郡王。

卦山（一）/吕梁·交城　　梁铭/摄

卦山（二）/吕梁·交城　　梁铭/摄

探春　咏交城

石壁秋容，庞泉林海，幽玄烟柳川坝。旖旎长堤，锦屏春色，犹见珍禽褐马。云顶草甸外，踏花影、黛描枫画。卦岳峰显琼姿，余晖霓丽西下。

俊杰英贤辈出，传净土宗风，厚德无价。柏叶龙门，清波映月，纵目孝文冬夏。暮鼓晨钟醉，品骏枣、朋临亭榭。古刹新阳，晚霞又添情话。

探春：又名探春慢。双调，一百零三字。前后段各十句，四仄韵。

◎仄平平，◎平◎仄，平平平仄平仄[韵]。◎仄平平，◎平◎仄，◎仄◎平◎仄[韵]。平仄◎仄◎，仄◎仄、◎平平仄[韵]。仄◎平仄平平，◎平平仄平仄[韵]。

◎仄◎平◎仄，◎◎仄◎平，◎◎平仄[韵]。仄仄平平，◎平◎仄，◎仄◎平平仄[韵]。◎仄◎平◎，仄◎仄、◎平平仄[韵]。◎仄平平，◎平◎◎平仄[韵]。

链接：交城县因汾、孔二河相交而得名。有卦山天宁寺、玄中寺、磁窑遗址、竖石佛石刻、广生院等景点。卦山尤以“卦山柏”名扬三晋，庞泉沟自然保护区以华北落叶松、油松为主，林区栖息有世界珍禽、山西省的“省鸟”——褐马鸡。古有“十景”：石壁秋容、卦岳爻峰、王山宝塔、定慧晨钟、却月晴波、北祠灵井、汾阳晚照、卧虹烟柳、锦屏春色、西社龙门。

念奴娇　咏文水

波纹谷水，泽平畴原野，良田阡陌。西岭贤云飘古塔，故址陶都留迹。川遇汾河，垣临沃土，馥郁村禾硕。东岩寺院，幽钟烟袅牵脉。

驰誉子夏余风，文明犹在，泉隐连沟壁。惟有女皇成圣帝，更显胡兰魂魄。周鼎唐砖，凤城鼓韵，又把仙姑忆。大陵人杰，峪河滋养春邑。

念奴娇：又名酹江月、赤壁词、酹月、壶中天慢、大江西上曲、太平欢、寿南枝、古梅曲、湘月、淮甸春、白雪词、百字令、百字谣、无俗念、千秋岁、庆长春、杏花天。双调，一百字。前后段各十句，四仄韵。

◎平◎仄，仄◎平◎仄，◎◎平仄[韵]。◎仄◎平平仄仄，◎仄◎平平仄[韵]。◎仄平平，◎平◎仄，◎仄平平仄[韵]。◎平平仄，仄平平仄◎仄[韵]。

◎仄◎仄平平，◎平◎仄，◎◎平平仄[韵]。◎仄◎平平仄仄，◎仄◎平平仄[韵]。◎仄平平，◎平◎仄，◎仄平平仄[韵]。◎平平仄，◎平平仄平仄[韵]。

链接：文水，西汉设大陵县，别置平陶县，因境内有文峪河而改现名。唐代女皇武则天当政时，一度曾改为武兴县。其古县城形似凤凰，故又名为凤城。是中国唯一女皇帝武则天的故里，女英雄刘胡兰的家乡。有武则天庙、刘胡兰纪念馆、梵安寺塔（上贤塔）、西峪口遗址、东岩寺遗址、子夏山隐唐洞、孝义镇市楼、狄青庙、石永村市楼、麻衣仙姑庙、文峪河水库等景点。

刘胡兰烈士陵园/吕梁·文水　梁铭/摄

云梦山/吕梁·交口　　刘三奴/摄

真珠帘　咏交口

山峦叠翠乡关路。忆当年、抗日先锋东渡。火种燃烽，犹见炮飞枪舞。九峪红军传捷报，救国情、胸怀寰宇。歌赋。有黄莺鸣唱，春花吐絮。

寺古。悠悠风雨。倚温泉、又听西明钟鼓。历历阅沧桑，曳冷烟晨雾。沙棘流霞云梦醉，月寂寂、晴空留住。馨露。任茵茵丘野，静飞鸥鹭。

真珠帘：双调，一百零一字。前段九句六仄韵，后段十句七仄韵。

平平仄仄平平仄[韵]。仄平平、仄仄平平平仄[韵]。仄仄平平，平仄仄平平仄[韵]。仄仄平平平仄仄，仄仄平、平平平仄[韵]。平仄[韵]。仄平平平仄，平平仄仄[韵]。

仄仄[韵]。平平平仄[韵]。仄平平、仄仄平平平仄[韵]。仄仄仄平平，仄仄平平仄[韵]。平仄平平平仄仄，仄仄仄、平平平仄[韵]。平仄[韵]。仄平平平仄，仄平平仄[韵]。

链接：交口县因驻交口镇而得名。毛泽东同志曾率领工农红军抗日先锋军东征来到交口，亲自部署和指挥了兑九峪大会战。境内有山神峪千佛洞、温泉大钟、石雕卧狮、云梦山胜地、温泉无根碑及大麦郊红军东征旧址等景点。元代初建的千佛古寺，寺内殿堂均为窑洞式建筑，有千佛殿、娘娘殿、观音殿、罗祖殿、关公殿、念佛堂、大雄宝殿、地藏王殿等殿堂。

早梅香　咏中阳

面傍清溪，又背倚凤凰，四山怀抱。居水之阳，一河环流，雄险关要。望越苍穹，犹见得、故遗陈道。赏彩陶，青铜古瓦，聚仙云袅。

翠漫柏洼山，落泉林涛雾呼啸。锦绣湖波，烟柳画桥，玲珑玉欢珠绕。醉恋窗景，剪红影、艺奇工巧。十里钢城，晴空碧野，暖阳高照。

陈家湾水库/吕梁·中阳　　梁大智/摄

早梅香：双调，九十六字。前段十一句四仄韵，后段十句四仄韵。

仄仄平平，仄仄仄仄平，仄平平仄[韵]。仄仄平平，仄平平平，平仄平仄[韵]。仄仄平平，平仄仄、仄平平仄[韵]。仄仄平，平平仄仄，仄平平仄[韵]。

仄仄仄平平，仄平平平仄平仄[韵]。仄仄平平，平仄仄平，平平仄平平仄[韵]。仄仄平仄，仄平仄、仄平平仄[韵]。仄仄平平，平平仄仄，仄平平仄[韵]。

链接：中阳，背倚巍巍凤凰山，面傍粼粼清河，四山怀抱，一河护绕。锦绣屏邑居水之阳。境内有柏洼山、九凤山、仙明洞、龙泉观、昭济圣母殿、八角琉璃井、介石山房、真武庙、圣母庙、凤凰阁等景点。陈家湾水库，高山平湖荡波，犹如江南水乡。中阳剪纸与当地传统民俗文化血肉相连，以当地民俗信仰、岁时节令、人生礼仪、神话传说为主要表现内容。中阳钢厂十里钢城，引领经济腾飞。

御带花　咏石楼

团山霞叠云崖谷，圣隐屈产泉水。古今仙迹，见大河湾处，纵横峦翠。阅尽沧桑，凤尾顶、通天峪外。乘良马、千年咏叹，环岭碧山媚。

烟波流溪弄影，更四照楼台，巧建清寺。曳香邀雪，一曲沁园春，撼天惊地。又忆东征，正竞发、宇开渐瑞。东风起、琼临月梦，百业尽新魅。

御带花：双调，一百字。前段九句四仄韵，后段十句四仄韵。

平平平仄平平仄，仄仄平仄平仄[韵]。仄平平仄，仄仄平平仄，仄平平仄[韵]。仄仄平平，仄仄仄、平平仄仄[韵]。平平仄、平平仄仄，平仄仄平仄[韵]。

平平平平仄仄，仄仄仄平平，仄仄平仄[韵]。仄平平仄，仄仄仄平平，仄平平仄[韵]。仄仄平平，仄仄仄、仄平仄仄[韵]。平平仄、平平仄仄，仄仄仄平仄[韵]。

链接：石楼，因县东有通天山石叠如楼而得名。春秋为屈邑，西汉置土军县，北魏置岭西，隋初改石楼。东部山地石楼山，古称通天山。团圆山是境内主要山峰之一。屈产河，发源于石楼山西麓。古时有“屈产之乘”一说，即指此地所繁育的良马。红军东征时，毛泽东三次来到石楼，写下了千古绝唱《沁园春·雪》。境内有“天下黄河第一湾”奇观、红军东征纪念馆、兴东垣东岳庙等景点。

黄河第一湾/吕梁·石楼　齐峰/摄

村落/吕梁·柳林　　梁铭/摄

洞仙歌　咏柳林

金蝉鸣夏，在清河之畔。香阁风来影相伴。水潺潺、嬉戏无数鸳鸯，云烟舞、垂柳柔丝拂岸。

登楼台眺望，盘子仙亭，旋鼓声声幽香远。又忆志丹贤，血染三交，黄河渡、波澜翻卷。望沟壑千重枣林浓，更锦絮飞扬，韵凝璀璨。

洞仙歌：又名洞仙歌令、羽仙歌、洞仙词、洞中仙。双调，八十三字。前段五句三仄韵，后段九句三仄韵。上段第二句，句法上一下四；第四句九字，多数作上五下四，也可作上三下六；第五句亦九字，句法上三下六。下段第六句七字，句法上三下四；第七句八字，实系仄起平收之七字句，句首以一去声字领之；紧接着又以一去声字领以下两四字句作结。

◎平◎仄，仄◎平平仄[韵]。◎仄平平仄平仄[韵]。仄平平、◎仄◎仄平平，平◎仄、◎仄平平◎仄[韵]。

◎平平仄仄，◎仄平平，◎仄平平◎平仄[韵]。仄仄仄平平，仄仄平平，平◎仄、◎平◎仄[韵]。仄◎仄平平仄平平，仄仄仄平平，仄平◎仄[韵]。

链接：柳林，明清时期商贾云集，店铺林立，被称为“小北京”。始建于唐初的香严寺，高悬着唐贞元年间德宗李适赐“香严寺”匾额。三川河进入县境上青龙、寨东村后，注入含硫量大的柳林温泉，故寒冬腊月四十里内不结冰凌，热气蒸腾，白雾缭绕，被誉为“四十里抖气河”，为柳林的一大景观。刘志丹将军的热血洒在三交镇。柳林盘子、黄河旋鼓、弹唱等民俗文化独具特色。

燕春台　咏临县

九曲长河，一朝临水，湫黄共济春开。碛口渔舟，贸于流止而来。四通古镇幽街。锁平洲、商贾生财。浮雕灵画，西湾群筑，东刹莲台。

千年山寺，十二连城，古陵含碧，月影徘徊。天南地北，乡音远去天涯。枣醉红霞，伞头歌、同抒情怀。聚英才。犹领风骚处，尽赏蓬莱。

燕春台：又名夏初临。双调，九十八字。前段十句五平韵，后段十一句五平韵。

◎仄平平，◎平◎仄，◎平◎仄平平[韵]。◎仄平平，◎平◎仄平平[韵]。◎平◎仄平平[韵]。仄平平、◎仄平平[韵]。◎平平仄，◎平◎仄，◎仄平平[韵]。

◎平◎仄，◎仄平平，仄平◎仄，◎仄平平[韵]。平平仄仄，◎平仄仄平平[韵]。◎仄平平，仄◎平、◎仄平平[韵]。仄平平[韵]。平仄平◎仄，◎仄平平[韵]。

链接：临县，西汉置临水县，有“红枣之乡”的美称。西靠黄河，主要河流有湫水河。碛口是秦晋峡谷间最大的一个碛，从而形成了古渡。这里有黑龙庙、西湾民居、黄河浮雕等景点。正觉寺东约一百米处，有十二株千年古柏，号称“十二连城”。有东林刹、义居寺、万佛洞、文庙、东岳文塔等。有伞头秧歌等地方特色文化。

碛口/吕梁·临县　　武涛/摄

寿楼春　咏兴县

岚漪溪临泉。任河流谷处，峰耸茶山。几度风云烟雨，锦花连绵。思叶挺、寻英贤。忆贺龙、犹留绥边。望翠柏森森，斜阳袅袅，情醉小延安。

瑶琴奏，箫音欢。见飞花落絮，丝柳翩跹。更有金龙沟壑，碧渊南川。油枣脆，香飘天。伴蔚汾、滔滔潺潺。再回蔡家崖，魂牵梦绕春意连。

寨子沟风光/吕梁·兴县　　梁大智/摄

寿楼春：双调，一百零一字。前段十句六平韵，后段十一句六平韵。多处用领字格和对偶句。

平平平平平[韵]。仄平平仄仄，平仄平平[韵]。仄仄平平平仄，仄平平平[韵]。平仄仄、平平平[韵]。仄仄平、平平平平[韵]。仄仄仄平平，平平仄仄，平仄仄平平[韵]。

平平仄，平平平[韵]。仄平平仄仄，平仄平平[韵]。仄仄平平平仄，仄平平平[韵]。平仄仄，平平平[韵]。仄仄平、平平平平[韵]。仄平仄平平，平平仄仄平仄平[韵]。

链接：兴县，北齐置蔚汾县，隋改名临泉县。抗日战争时期晋绥边区政府所在地，黑茶山是叶挺将军殉难处。主要旅游景点可概括为“两馆一园”（即晋绥边区革命纪念馆、“四八”烈士纪念馆与晋绥解放区烈士陵园）和“两山一洞”（即石楼山、石猴山与仙人洞）。有“十景”：仙洞澄渊、莲峰石猴、龙岭天桥、峨眉晓烟、栖霞叠翠、通惠流香、石楼晚照、茶山积雪、紫荆卧云、浩旻飞蹬。

春草碧　咏岚县

觅宜芳瑞云，见雁门塞连，红杏听雨。山岚外，寻画里浓翠，白龙轻雾。飞来寿石，说不尽、幽幽胜古。谁在饮马？池亭下，绿柳暗香絮。

铜鼓。阅烽烟北飘，伴碧泉冷暖，尽锁晨暮。龙灯绕，古乐八音曲，秀名神誉。能源重基，又闻得、驼铃渐去。土豆宴宾，迎朋客，笑临府。

春草碧：双调，九十八字。前段十一句四仄韵，后段十二句五仄韵。

仄平平仄平，仄仄平仄平，平仄平仄[韵]。平平仄，平仄仄平仄，仄平平仄[韵]。平平仄仄，仄仄仄、平平仄仄[韵]。平仄仄仄，平平仄，仄仄仄平仄[韵]。

平仄[韵]。仄平平仄平，仄仄平仄仄，仄仄平仄[韵]。平平仄，仄仄仄平仄，仄平平仄[韵]。平平仄平，仄平仄、平平仄仄[韵]。仄仄仄平，平平仄，仄平仄[韵]。

链接：岚县，古置岚州，曾改名宜芳县。境内有白龙山、北魏秀容古城、皇姑陵、晋绥军区司令部旧址等景点。白龙山龙门伏虎、白龙吐珠等形成的奇异的“龙门十景”，久负盛名，吸引着八方游客。这里还有面塑、八音等传统民间文化。境内发现的金属矿产有铁、铜、锰和其他稀有金属。

白龙山风光/吕梁・岚县　刘建国/摄

丁香结　咏方山

寻觅南村，古城留迹，皋狼溯源先远。见太和宫殿。更有那、一代廉官名传。赏南阳故居，神龙在、景幽晓晚。登高临水，锦绣圣境良泉又现。

相伴，去北武当山，夏绿秋红同眷。石骨林魂，危岩谷峡，黛峰云卷。谁念天寿碧井，对月松涛岸。惟仙人指路，总是流连忘返。

丁香结：双调，九十九字。前段九句五仄韵，后段十句五仄韵。

平仄平平，仄平平仄，◎◎仄平平仄[韵]。仄仄平平仄[韵]。仄仄仄、仄仄平平平仄[韵]。仄平平仄仄，平平仄、仄◎仄仄[韵]。平平平仄，仄仄仄仄平平仄仄[韵]。

平仄[韵]，仄仄仄平平，仄仄◎平◎仄[韵]。仄仄平平，平平仄仄，仄平平仄[韵]。平仄平仄仄仄，仄仄平平仄[韵]。◎平平◎仄，◎仄平平仄仄[韵]。

链接：方山，战国时期始置皋狼邑，西汉置皋狼县。北武当山又名真武山，古称龙王山，它集雄、奇、险、秀于一身，素有“三晋第一名山”之称，系中国北方道教圣地之一。南村古城遗址，始筑于战国，此后扩建，汉代为县治，晋代为左国城。境内还有张家塔村堡遗址、舍利塔、九龙庙、大武木楼、太和宫、于成龙墓、于准墓等文物古迹。

北武当山/吕梁·方山　　李福龙/摄

玄中寺/山西·吕梁　梁铭/摄

第十辑

尧都临汾

寻根祭祖大典/山西·临汾　　武涛/摄

华门夜景/山西·临汾　　李广洁/摄

剪牡丹　咏临汾

故邑尧都，文明根祖，荫蔽灵秀泉水。阡陌平阳，溯华夏王帝。明初远徙先民，盈盈广宇，古槐四海凝瑞。壶口滔滔，伴仙洞陶寺。

乐贤师旷音醉。卫霍征、相如留史。虹塔绕歌声，弹出玉堂春曲情泪。晚秋七里峪临翠。太岳花漫，犹赏牡丹蕾。馨蕊。听蒲韵响鼓，龙祠碧脆。

剪牡丹：双调，一百零一字。前段十句四仄韵，后段十句七仄韵。

仄仄平平，平平平仄，仄仄平仄平仄[韵]。平仄平平，仄平仄平仄[韵]。平平仄仄平平，平平仄仄，仄平仄仄平仄[韵]。平仄平平，仄平仄平仄[韵]。

仄平平仄平仄[韵]。仄仄平、仄平平仄[韵]。平仄仄平平，平仄仄平平仄平仄[韵]。仄平仄仄仄平仄[韵]。仄仄平仄，平仄仄平仄[韵]。平仄[韵]。仄仄平仄仄，平平仄仄[韵]。

链接：临汾，以地处汾水之滨而得名，是华夏民族的重要发祥地之一和黄河文明的摇篮。因上古帝尧曾建都于此，有“华夏第一都”之称，又称“尧都平阳”。有以丁村古人类遗址等为代表的人类文明之源，以陶寺遗址、尧庙、尧陵等为代表的中华文明之源，以晋侯墓等为代表的三晋文明之源的“三源”文化内涵。有壶口瀑布、洪洞大槐树、尧庙、三合牡丹等景点。有蒲州梆子、威风锣鼓等民间艺术。

梦横塘　咏尧都

古临城邑，今倚平阳，一河穿贯南北。嶂夹原川，击壤处、耕田耘陌。尧庙春秋，帝陵冬夏，殿凝龙迹。叹文明始祖，圣洁渊源，中华鼓、弘功壁。

寻根访祖尧都，看红灯满巷，彩带迎客。广运镏金，邻五凤、戏台音激。演佳话、无垠牧野，鼎盛钟鸣赞天绩。再到华门，清歌犹在，见花车如织。

梦横塘：双调，一百零五字。前段十一句四仄韵，后段十句四仄韵。

仄平平仄，平仄平平，仄平平仄平仄[韵]。仄仄平平，仄仄仄、平平平仄[韵]。平仄平平，仄平平仄，仄平平仄[韵]。仄平平仄仄，仄仄平平，平平仄、平平仄[韵]。

平平仄仄平平，平平平仄仄，仄仄平仄[韵]。仄仄平平，平仄仄、仄平平仄[韵]。仄平仄、平平仄仄，仄仄平平仄平仄[韵]。仄仄平平，平平平仄，仄平平平仄[韵]。

链接：尧都区传为“五帝”之一的文明始祖商尧陶唐氏诞生、建都之地，古称平阳。春秋时期，平阳一带是晋国公族羊舌氏的封地。“尧都平阳”的传说和这里丰厚的尧文化资源，成为“尧都区”命名的历史渊源。汾河由北向南穿境而过。主要景点有尧庙、华门、华表、中国地形微缩景观、尧典壁廊、尧陵、仙洞沟、大中楼、元代戏台、庞杜墓地、朱村墓地、击壤台遗址等名胜古迹及旅游景点。

尧庙/临汾·尧都　　梁铭/摄

尧陵/临汾·尧都　　梁铭/摄

霜花腴　咏侯马

自成伺马，伴晚风，蹲侯一夜无眠。原本新田，改名侯马，双河汇聚平川。古街筑垣。晋国都、雄立中原。记盟书、晋史文明，字形清雅笔临仙。

源远春秋冬夏，看诸侯九合，晋土三权。遗址宫城，神台铜府，缤纷五霸云天。绿溪碧环。骋纵横、皮影硝烟。掩芬芳、迤逦华灯，韵吟千亩莲。

霜花腴：双调，一百零四字。前后段各十句，五平韵。

仄平仄仄，仄仄平，平平仄仄平平[韵]。平仄平平，仄平平仄，平平仄仄平平[韵]。仄平仄平[韵]。仄仄平、平仄平平[韵]。仄平平、仄仄平平，仄平平仄仄平平[韵]。

平仄平平平仄， 仄平平仄仄，仄仄平平[韵]。平仄平平，平平平仄，平平仄仄平平[韵]。仄平仄平[韵]。仄仄平、平仄平平[韵]。仄平平、仄仄平平，仄平平仄平[韵]。

链接：侯马在春秋战国时叫新田，是春秋时期“五霸”之一晋国晚期的国都。明朝末年，李自成带领起义军经过这里，人困马乏。李自成边喂马边靠着马背休息，因伺候了一夜马，这里便改称“侯马”。有文物古迹晋国遗址、侯马盟书、金代砖雕舞台等；有旅游景点台骀庙、唐太宗庙正殿、传教填充砖塔、普济寺、通济石桥、宝峰院、忤逆坟、罗衫坡、香邑湖、铸铜遗址、晋博园等。

火车站广场夜景/临汾·侯马　唐辉/摄

惜余欢　咏霍州

主峰太岳，伴汾水纵横，贯岭穿峡。秦尉敬门神，令邪祟无榻。奇石临仙，劲松倚谷，玉泉溅、落碧潭溪闸。峪留陶唐，鳌连五龙，鼓楼飞鸽。

州存古衙雁塔。阅壁画开天，窑址烟蜡。犹见洞中帘，借珠玉流合。莲花山上，浮桥岸畔，聚游客、正悦颜欢洽。道旁林荫，湖平荡舟，笑声歌踏。

七里峪风光/临汾·霍州　田文昌/摄

惜余欢：双调，一百零四字。前段十一句四仄韵，后段十一句五仄韵。

仄平仄仄，仄平仄仄平，平仄平仄[韵]。平仄仄平平，仄平仄平仄[韵]。平仄平平，仄平仄仄，仄平仄、仄仄平平仄[韵]。仄平平平，仄平仄平，仄平平仄[韵]。

平平仄平仄仄[韵]。仄仄仄平平，平仄平仄[韵]。平仄仄平平，仄平仄平仄[韵]。平平平仄，平平仄仄，仄平仄、仄仄平平仄[韵]。仄平平仄，平平仄平，仄平平仄[韵]。

链接：霍州，古为尧都畿内，唐代号称“中州重镇”，明清时期被列为全国直隶州。太岳山主峰和汾河横贯其中。是中国十大名山“五岳风光”、“五镇奇观”之中的中镇探花，留下了尧帝及其女儿的足迹。古霍国之地还是“门神”的故地，贴门神风俗出自霍州。有大张古文化遗址、西周厉王墓、歇马滩、马刨泉、霍州署、千佛崖石刻文物、明代鼓楼、雁塔、霍山、悬泉山、陶唐峪等旅游景点。

夺锦标 咏乡宁

云泰峰峦，高天沟壑，断岭烟飘空碧。北鄂潺潺流水，溪淌纵横，泽田阡陌。问昌宁几许，卧牛城、古今留迹。觅桃源、川越东西，陡峭幽幽松柏。

石鼻民居迎客。寿圣晨钟，双塔静临文笔。千佛洞中壁画，结义华灵，庙凝英绩。凭云丘叠嶂，腊台处、嶙峋奇溢。看煤都、多彩华灯，广厦霓虹生翼。

云丘山风光/临汾·乡宁　李广洁/摄

夺锦标：又名清溪怨。双调，一百零八字。前段十句四仄韵，后段十句五仄韵。

◎仄平平，◎平◎仄，仄仄平平平仄[韵]。◎仄◎平◎仄，平仄平平，◎平平仄[韵]。仄平平◎仄，仄平◎、◎平平仄[韵]。仄平平、◎仄平平，仄仄平平平仄[韵]。

◎仄平平◎仄[韵]。◎仄平平，◎◎◎◎平仄[韵]。◎仄◎平◎仄，◎仄平平，◎平平仄[韵]。仄平平◎仄，仄平◎、平平平仄[韵]。仄平平、◎仄◎平，仄仄平平平仄[韵]。

链接：乡宁矿产资源以煤著称。主焦煤被确定为全国稀有煤种，故有“煤炭之乡”的美称。名胜古迹有战国时荀息墓、廉颇墓，隋唐千佛洞，宋代柏山寺，金代寿圣晨钟，明代结义庙、文笔双塔，清代长城、杜家院、石鼻村乾隆年间的四座民宅以及爱国主义教育基地华灵庙抗日纪念馆。还有风光独特的云丘山、万堡山、一线天、黄河峡谷等自然胜景。

翠羽吟　咏汾西

望碧空，洒露浓，西岸映飞虹。古谓永安，凤凰山下翠林丛。百年沧桑古道，千载姑射葱茏。倚仰韶、发祥华夏，悠悠胜迹无穷。

团柏河水皱波溶。沟西清碧，对竹流淙。叠秀森荫茂密，秋隐枣岭，云烟飘晚红。月明柳影柔丝，静泻紫气盈濛。醉饮师家处，坊矗立、奇异楼宫。石刻砖雕艺融。更留威鼓地灯踪。丘陵谷壑，垒堰丰仓，再看杰雄。

翠羽吟：双调，一百二十六字。前段九句六平韵，后段十五句八平韵。

仄仄平[韵]，仄仄平[韵]，平仄仄平平[韵]。仄仄仄平，仄平平仄仄平平[韵]。仄平平平仄仄，平仄平仄平平[韵]。仄仄平、仄平平仄，平平仄仄平平[韵]。

平仄平仄仄平平[韵]。平平平仄，仄仄平平[韵]。仄仄平平仄仄，平仄仄仄，平平平仄平[韵]。仄平仄仄平平，仄仄仄仄平平[韵]。仄仄平平仄，平仄仄、平仄平平[韵]。仄仄平平仄平[韵]。仄平平仄仄平平[韵]。平平仄仄，仄仄平平，仄仄仄平[韵]。

链接：汾西，因地处汾河以西得名。西依姑射山，东邻汾河。神秘的师家沟，村口矗立着清代牌坊。师家沟属于清代民居，是北方居民建筑的典范，大院的建筑集砖雕、木雕、石刻艺术为一体。姑射山又名石孔山，相传为尧王夫人鹿仙女诞生地。这里风光绮丽，四季宜人，山峰叠翠，松涛啸吟，危崖高耸，洞穴密布。尤以沟壑纵横、地貌奇特，堪称“晋西南第一大峡谷”。

师家大院（一）/临汾・汾西　梁铭/摄

师家大院（二）/临汾・汾西　梁铭/摄

广胜寺飞虹塔/临汾·洪洞　梁铭/摄

水调歌头　咏洪洞

先祖在何处，槐树鹳窝边。洪崖古洞之畔，尧帝立都垣。远古悠悠神话，犹见潺潺汾水，一脉越千年。世戚寻根故，遗德共云天。

伴鼓乐，落祥鸟，祭前贤。腾蛟起凤，皇英师旷伏羲牵。广胜琉璃虹塔，莲宇琼楼玉阁，共忆女娲仙。一曲苏三去，九凤戏龙颜。

水调歌头：又名元会曲、凯歌。双调，九十四字。前段九句四平韵，后段十句四平韵。

◎仄◎平仄，◎仄仄平平[韵]。◎平◎仄平仄，◎仄仄平平[韵]。◎仄◎平◎仄，◎仄◎平◎仄，◎仄仄平平[韵]。◎仄◎平仄，◎仄仄平平[韵]。

◎ ◎ ◎，◎ ◎仄，仄平平[韵]。◎平◎仄，平◎◎仄仄平平[韵]。◎仄◎平◎仄，◎仄◎平◎仄，◎仄仄平平[韵]。◎仄◎平仄，◎仄仄平平[韵]。

链接：洪洞，因境内有“洪崖”、“古洞”两个自然地貌而得名。“问我祖先在何处？山西洪洞大槐树”的民谣使洪洞大槐树成为中国百姓魂萦梦牵的“根”。广胜寺内有飞虹琉璃宝塔、元代戏剧壁画、唐代左右对扭古柏。名胜古迹有囚禁苏三的明代监狱、玉皇庙、泰云寺、碧霞圣母宫、青龙山玄帝宫、净石宫、乾元山元阳观、兴唐寺、上村遗址等。有女娲陵寝、尧王访贤、舜耕历山的传说。

花心动　咏古县

山外观天，洞凌云，渔歌壁河轻语。太岳峙雄，涧水潺潺，安泽岳阳城古。露崖临佛亭台阁，文源旺、塔留张府。地脉瑞、相如故里，惠风馨雨。

玉蝶飞蜂跹舞。寻疏影、清幽暗香深处。遥想当年，武后登基，即令百花苞吐。牡丹不媚皇威去，隐三合、千秋如故。耀国色、天香沁芳漫宇。

花心动：又名好心动、桂飘香、上升花、花心动慢。双调，一百零四字。前段十句四仄韵，后段八句五仄韵。

◎仄平平，仄平平，平平仄平平仄[韵]。◎仄◎平，◎仄平平，◎仄仄平平仄[韵]。仄平平仄平平仄，◎◎仄、◎平平仄[韵]，仄平仄、平平仄仄，仄平平仄[韵]。

仄仄平平◎仄[韵]。平◎仄、平平仄平平仄[韵]。◎仄◎平，◎仄平平，◎仄仄平平仄[韵]。◎平◎仄平平仄，◎◎仄、◎平平仄[韵]。仄◎仄、◎平仄平仄仄[韵]。

链接：古县即古之岳阳。北魏设安泽，隋改称岳阳县，以霍岳山之南而得名。石必河流域山奇水秀，风光旖旎。关于被誉为“天下第一牡丹”的三合牡丹，流传着美丽动人的传说。境内有三合牡丹园、牡丹仙子雕像、蔺相如墓、大南坪生态旅游区、淤泥河生态旅游区、罗成将军墓、古阳凌云洞、仙山露崖寺、松月四次山、岳阳古镇、延庆观、淤泥河等景点。

牡丹节/临汾·古县　　梁铭/摄

竹马儿　咏浮山

山随水而浮，流洪动影，踞雄如虎。见仙名陌岭，龙灵碧水，盈盈馨絮。更有西部残垣，东峦起伏，月连朝暮。天圣约神宫，铁牛山，彰显千年琼铸。

蕴德风深厚，人文荟萃，石雕遗古。尧王静养休暑。朱德挥兵征旅。霹雳响彻双龙，徐家安子，听战歌威宇。风骚再领，正飞虹凌羽。

竹马儿：又名竹马子。双调，一百零三字。前段十二句四仄韵，后段十句五仄韵。

平平仄平平，平平仄仄，仄平平仄[韵]。仄平◎仄仄，平◎◎仄，平平平仄[韵]。仄仄◎仄平平，平平仄仄，仄平平仄[韵]。◎仄仄平平，仄平平，平仄平平平仄[韵]。

仄仄平平仄，平平仄仄，仄平平仄[韵]。平平仄◎平仄[韵]。◎仄平平平仄[韵]。仄仄仄仄平平，仄平平仄，平仄平平仄[韵]。平平仄仄，仄◎平平仄[韵]。

链接：浮山，古称神山，因山漂浮而得名。相传临汾东南有山，尧舜时，洪水横流，其山随水高低，其形若浮，故名浮山，是尧王休闲避暑的圣地。境内有老君洞、天圣宫古遗址、铁牛山汉代冶铁遗址、古郭城遗址、浮山摩崖造像、文庙大成殿、清微观、混合石梁殿、徐家安子战斗遗址、双龙桥伏击战遗址、朱德总司令路居山交旧址等旅游景点，并有大量的碑雕石刻。

牌坊/临汾·浮山　朱宝林/摄

折红梅　咏安泽

看千年城古，和川谷远，珠华河畔。赏黄花、岭上漫金，淙淙碧挽蜒蜿。盈盈水岸。香韵染、东风犹暖。叠峦柏色、沟壑松涛，望安泰巍巍，岳秀云浅。

英才顾眷。问荀子故乡，人文常现。名扬处、史称后圣，悠悠学之留劝。硝烟迷乱。犹跃马、纵横前线。锦绣岁月、几多风流，品西坪香茗，举杯新勉。

折红梅：双调，一百零八字。前段十句五仄韵，后段十句六仄韵。

仄平平平仄，平平仄仄，平平平仄[韵]。仄平平、仄仄仄平，平平仄仄平仄[韵]。平平仄仄[韵]。平仄仄、平平平仄[韵]。仄平仄仄、平仄平平，仄平仄平平，仄仄平仄[韵]。

平平仄仄[韵]。仄平仄仄平，平平平仄[韵]。平平仄、仄平仄仄，平平仄平平仄[韵]。平平平仄[韵]。平仄仄、仄平平仄[韵]。仄仄仄仄、仄平平平，仄平平平仄，仄平平仄[韵]。

链接：安泽，汉为猗氏、谷远县地，北魏置冀氏、义宁二县，当时因在安吉、泽泉之间置县，取两地首字，定名安泽，隋改义宁为和川，改安泽为岳县。是中国古代大思想家、集诸子百家之大成者的“后圣”荀子的故里，称之“千年古县”。有段峪河瀑布、郎寨塔、三管岭（黄花岭）、磨盘垴（红叶岭）、大豁子（青松岭）、麻衣寺、上党关、盘秀山、望岳楼、荀子文化园等旅游景点。

红叶岭/临汾·安泽　　李广洁/摄

石牌坊/临汾·翼城　　梁铭/摄

一萼红　咏翼城

翼城寻，古浍川北绛，山似翼飞禽。东脉中条，西峦太岳，续鲁峪水泉浔。望翔岭、苍松翠柏，舜王坪、犹见满坡林。溶洞冰帘，奇峰怪石，清涧溪吟。

塬上歌声一曲，踏草甸悠云，目极湖阴。花鼓翻飞，琴书弹韵，民间十碗香斟。晋文公、亲民惠垦，李太后、教子誉天心。今看煤田铁都，滚滚乌金。

一萼红：双调，一百零八字。前段十一句五平韵，后段十句四平韵。

仄平平[韵]，仄◎平◎仄，◎仄仄平平[韵]。◎仄平平，◎平◎仄，◎仄◎仄平平[韵]。仄◎仄、◎平◎仄，◎◎◎、平仄仄平平[韵]。◎仄平平，◎平◎仄，◎仄平平[韵]。

◎仄◎平◎仄，仄◎平◎仄，◎仄平平[韵]。◎仄平平，◎平◎仄，◎◎◎仄平平[韵]。仄◎◎、平平◎仄，◎◎◎、◎仄仄平平[韵]。◎仄◎平◎◎，◎仄平平[韵]。

链接：翼城，古称翼、故绛、北绛、浍川。有城内关帝庙、佛爷山、千年云杉、翔山等风景名胜。历山舜王坪风景区，素有“华北生物资源宝库”之美称，区内的瓜子寨、梳妆台、玄云洞、十八盘、桃花洞、珍珠帘、黑龙潭等，奇峰、怪石、清涧、溶洞、冰帘并称“五绝”。“翼城十大碗”包括：鱿鱼汤、丸子汤、红白豆腐汤、糯米糕、红薯汤、银耳汤、黄焖肉、雪花肉、清汤牛肉、肚丝汤。

迎新春　咏隰县

璀璨紫川耀，涌畅龙泉风雨。雄视西山处。玉泉寺、松风舞。小西天、泉流瀑布。石佛窟、灵隐千年寒暑。莽莽苍野去。燃星火、黄龙腾虎。

鹿鸣溪谷，大观楼鼓。悬塑壁，古慈几度朝暮。河东重镇雄三晋，隰州城、绿荫铺路。闹秧歌，花伞高跷临街聚。梨花伴香絮。玉露滋润，陌田凌宇。

迎新春：双调，一百零四字。前段八句七仄韵，后段十一句六仄韵。

仄仄仄平仄，仄仄平平平仄[韵]。平仄平平仄[韵]。仄平仄、平平仄[韵]。仄平平、平平仄仄[韵]。仄仄仄、平仄平平平仄[韵]。仄仄平仄仄[韵]。平平仄、平平平仄[韵]。

仄平平仄，仄仄平仄[韵]。平仄仄，仄平仄仄平仄[韵]。平平仄仄平平仄，仄平平、仄仄平仄[韵]。仄平平，平仄平平平平仄[韵]。平平仄平仄[韵]。仄仄平仄，仄平平仄[韵]。

链接：隰县素有“河东重镇、三晋雄邦”之美誉。春秋时代，晋文公重耳分封于此地，史称蒲邑。《元和郡县图志》记载：“南有龙泉下隰，因以为名。”有小西天（千佛庵）、明代大观楼（古楼）、石佛窟、灵隐寺、马刨泉、鹿鸣谷、玉泉寺、紫荆山原始森林、堆金山森林公园、紫川河水上乐园、石马沟狩猎风景区、晋西革命纪念馆等名胜古迹。以盛产金梨闻名全国，有“中国金梨之乡”的美称。

小西天/临汾·隰县　　梁铭/摄

永遇乐　咏蒲县

柏壑清岚，松涛劲翠，奇岭云婉。石峡层林，群峰幽谷，梅洞屏山远。嵯峨东岳，巍巍北鹿，黛拥仙宫古堰。昕河水、环亭绕阁，蒲风岁岁犹见。

伐林无语，伤汝性命，神托楹联书匾。霜染钟灵，烟凝毓秀，丹碧南垣展。野临阡陌，川含沃土，泉涌涧溪西岸。香飘逸、千年寺庙，月空浩瀚。

永遇乐：又名永遇乐慢、消息。双调，一百零四字。前后段各十一句，四仄韵。

◎仄平平，◎平◎仄，◎◎平仄[韵]。◎仄平平，◎平◎仄，◎仄平平仄[韵]。◎平◎仄，◎平◎仄，◎仄◎平◎仄[韵]。◎平◎、平平◎仄，◎◎仄◎平仄[韵]。

◎平◎仄，◎◎◎仄，◎仄◎平平仄[韵]。◎仄平平，◎平◎仄，◎仄平平仄[韵]。◎平◎仄，◎◎◎仄，◎仄◎平平仄[韵]。◎平◎、◎◎◎仄，◎平仄仄[韵]。

链接：蒲县境内有蒲子山，相传唐尧时期，尧的老师蒲伊子曾隐居于此，县名由此而来。古有蒲国、蒲阳、蒲子之称。有自然景观：五鹿山国家自然保护区、梅洞山天然林区、峡村峡谷、柏山景区；人文景观：东岳庙、真武祠、薛关龙王庙、蒲伊广场、段云书艺馆。在柏山东岳庙的乐楼通道口有一副有趣的对联："伐吾山林吾勿语，伤汝性命汝难逃。"因此，柏山的树木保护得很好。

东岳庙（一）/临汾·蒲县　　梁铭/摄

东岳庙（二）/临汾·蒲县　　梁铭/摄

霜叶飞　咏大宁

碧环溪绕。桃源峡，丘陵沟壑林草。谷幽昕水贯东西，正九垣平眺。渐凝绿、烟霞缥缈。石坪峦叠斜阳照。看凤岭龙岗，古北屈、盆形圣地，川倚梁峁。

寺院大义西云，黄河仙子，阅尽春秋多少。翠云山上觅沧桑，掩小神龙庙。血色战旗烽火耀。金戈铁马凌空啸。念故人、思雄杰，再踏亭台，满城新貌。

黄河风光/临汾·大宁　朱宝林/摄

霜叶飞：又名斗婵娟。双调，一百一十一字。前段十句六仄韵，后段十句五仄韵。

◎平平仄[韵]。平平仄，平平平仄平仄[韵]，仄平◎仄仄平平，◎仄平平仄[韵]。仄◎仄、平平仄仄[韵]。◎平平仄平平仄[韵]。仄仄仄平平，仄仄仄、平平仄仄，◎仄平仄[韵]。

◎仄◎仄平平，◎平平仄，仄◎平◎平仄[韵]。仄平◎仄仄平平，仄仄平平仄[韵]。仄仄仄平平仄仄[韵]。平平◎仄平平仄[韵]。仄仄◎、平平仄，◎仄平平，仄平平仄[韵]。

链接：大宁，古称北屈。境内沟壑纵横，山峦起伏，南北群山环绕，中部丘陵、垣川交错，昕水河由东向西横穿而过。有芝麻滩旧石器遗址、翠云山新石器遗址、周朝小神龙庙、春秋时代的将军墓、明朝的十八罗汉洞和笊篱寨及元代的曹娘娘庙、黄河仙子祠等古迹。有白马啸、双锁山、高山、二郎山等山水风光。境内较大的寺院遗址有城西西云寺和堡村大义寺。

丁村民居/临汾·襄汾　　临汾市旅游局供图

城隍庙全景/临汾·襄汾　　临汾市旅游局供图

曲玉管　咏襄汾

晋国汾城，襄陵古邑，汾河玉带溪边柳。远眺西临姑射，东倚崇丘。沃平畴。厚土金风，丁村遗址，故居建筑奇葩秀。宝塔祥光，百鸟鸣唱灵喉。阅春秋。

赫赫城隍，五龙庙、煌煌根脉，帝尧寺殿宫城，文明石器悠悠。戏妆楼。正云蒸霞蔚，翠缀屏花闲草，曲家光祖，妙韵华章，卷帙长留。

曲玉管：双调，一百零五字。前段十二句两仄韵四平韵，后段十句三平韵。

仄仄平平，平平仄仄，平平仄仄平平仄[叶仄韵]。仄仄平平平仄，平仄平平[韵]。仄平平[韵]。仄仄平平，平平平仄，仄平仄仄平平仄[叶仄韵]。仄仄平平，仄仄平仄平平[韵]。仄平平[韵]。

仄仄平平，仄平仄、平平平仄，仄平仄仄平平，平平仄仄平平[韵]。仄平平[韵]。仄平平平仄，仄仄平平平仄，仄平平仄，仄仄平平，仄仄平平[韵]。

链接：襄汾县由原襄陵县和汾城县合并而成。襄陵以晋襄公陵而得名，汾城系古晋国都，因汾河流经得名。东有塔儿山，西有姑射山，汾河纵贯县境中部。境内有驰名中外的丁村人遗址，还有古建筑城隍庙、五龙庙、陶寺夏代遗址、春秋晋城遗址、崇山宝塔、南岱山东岳庙、灵光寺、清民居等。是元代著名杂剧家和散曲家郑光祖的故里。

摸鱼儿　咏吉县

锦屏山、馥香葱郁，晓阳叠映钟鼓。吉州北屈春秋度，九曲流云深处。塬岭伫。西瀑水、山峦南北东环顾。翠凝亭素。任佛阁晴岚，寿山夕照，石孔飞泉注。

龙游堰，古洞瑶桃仙府。孟门夜月波舞。大河激起千秋雪，石壁危崖高雨。如劲虎。峡谷荡、吼声十里雷霆聚。涛惊浪怒。伴壶口飞虹，旌旗战马，汹涌破天宇。

壶口瀑布/临汾·吉县　　齐峰/摄

摸鱼儿：又名摸鱼子、买陂塘、陂塘柳、迈陂塘、山鬼谣、双蕖怨。双调，一百一十六字。前段十句六仄韵，后段十一句七仄韵。

仄平平、◎平平仄，◎平◎仄平仄[韵]。◎平◎仄平平仄，◎仄◎平平仄[韵]。平仄仄[韵]。◎仄仄、◎平◎仄平平仄[韵]。◎平◎仄[韵]。仄◎仄平平，◎平◎仄，◎仄◎平仄[韵]。

平平仄，◎仄平平◎仄[韵]。◎平◎仄平仄[韵]。◎平◎仄平平仄，◎仄◎平平仄[韵]。平仄仄[韵]。◎◎仄、◎平◎仄平平仄[韵]。◎平◎仄[韵]。◎◎仄平平，◎平◎仄，◎仄仄平仄[韵]。

链接：吉县，古称吉州，春秋时为晋之屈邑，又称北屈。有黄河壶口瀑布、壶口国家地质公园、管头山红叶、人祖山伏羲皇帝正庙、抗日战争时期的山西省政府、阎锡山第二战区司令官总部旧址克难坡以及柿子滩遗址等风景名胜。壶口瀑布是仅次于黄果树瀑布的我国第二大瀑布。古有“八景”：锦屏叠翠、佛阁晴岚、寿山夕照、古洞瑶桃、小桥流水、石孔飞泉、壶口秋风、孟门夜月。

绮罗香　咏曲沃

沃水潆洄，清溪曲注，三晋雄风天府。汾浍波光，绿映沸泉琼树。青玉峡、白石东流，景明瀑、黄河西去。越川亘、绵岭乔山，古今绛邑伴朝暮。

唐风诗集倚影，文化之乡有誉，静听吟赋。晋国渊源，天马阁楼留语。见鸟尊、方鼎编钟，坡落雁、断烟牵雾。问寒岩、晚照悬冰，正云霞几度。

绮罗香：双调，一百零四字。前后段各九句，四仄韵。

◎仄平平，平平仄仄，◎仄平平平仄[韵]。◎仄平平，◎仄仄平平仄[韵]。◎◎仄、◎仄平平，仄◎仄、◎平平仄[韵]。仄◎◎、◎仄平平，◎平◎仄仄平仄[韵]。

平平平仄◎仄，平仄平平◎仄，◎◎平仄[韵]。仄仄平平，◎仄仄平平仄[韵]。◎◎◎、◎仄平平，◎◎◎、仄平平仄[韵]。◎◎◎、◎仄平平，仄平平仄仄[韵]。

链接：曲沃，沃水潆洄盘旋，是为曲沃，古称绛邑。天府雄风，三晋重地，历史上曾是“武公据之以兴晋，文公依之而称霸”的古晋国之都。有古新田遗址、寝孳方鼎、东周青铜编钟、金代的砖雕舞台和戏剧陶俑、曲村－天马遗址、太子滩、晋国博物馆等。有“古十景”：神陂落雁、晋殿悬冰、太子滩、乔山柏树、景明瀑布、绛山冰岩、汾隰流云、绛山晚照、星海温泉、羊舌墓地。

薛家大院/临汾·曲沃　　梁铭/摄

浍河水库/临汾·曲沃　　朱宝林/摄

还京乐　咏永和

古楼邑，晋陕黄河峡谷临东岸。见叠峦梁峁，纵横沟壑，残垣溪缓。叹陌原风卷。大成殿里藏幽翰。旧石器，遗址尚存，青铜犹显。

永和关畔。有红军崖壁，诗亭墨客，乾坤湾里浩瀚。仙人悟道观天，五行生、伏羲曾眷。忆东征、却再渡回师，高歌凯旋。积淀和文化，民风忠厚悠远。

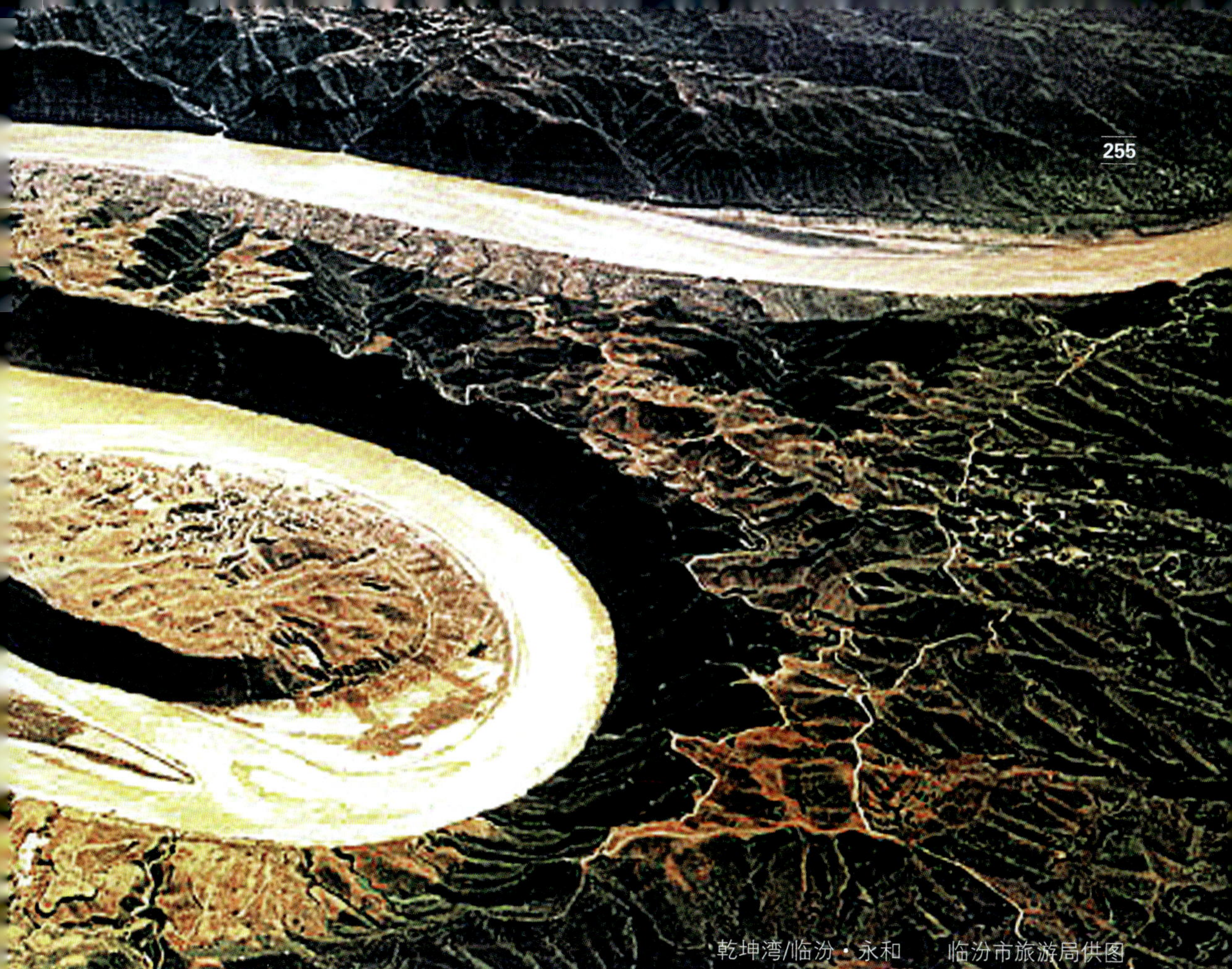

乾坤湾/临汾·永和　临汾市旅游局供图

还京乐：双调，一百零三字。前后段各十句，五仄韵。

◎平仄，◎仄平平仄仄平◎仄[韵]。仄◎平◎仄，仄平◎仄，平平平仄[韵]。仄仄平平仄[韵]。◎平仄仄平平仄[韵]。仄仄仄，平仄◎◎，平平平仄[韵]。

仄平平仄[韵]。仄◎平平仄，平平仄仄，平◎◎◎仄仄[韵]。平平仄仄平平，仄平平、仄平平仄[韵]。仄平平、◎仄仄平平，平平仄仄[韵]。仄仄平平仄，◎平平仄平仄[韵]。

链接：永和，黄河中游晋陕大峡谷东岸，自古就是秦晋交通要道，是中国“和”文化的一个典范和缩影。有永和关、红军东征纪念馆、乾坤湾、仙人湾、望海寺、龙王庙、黄河蛇曲国家地质公园。永和关被称为“黄河文化第一村”，主要景点有：红军崖、风蚀壁、沙浴与日光浴、吟诗亭、题诗壁。境内有旧石器遗址、商周墓葬、汉代城堡，并出土了石斧、陶片、青铜器、石佛头像、瓷枕等珍贵文物。

仙洞沟/山西·临汾　　梁铭/摄

第十一辑

魅力运城

月当厅　咏运城

碧水峡韵流云梦，河东锦绣，横亘中条。远祖古都，尧舜禹帝三朝。关帝铁牛普救，永乐宫、见壁画妖娆。鹳楼望，千秋文赋，演绎良宵。

关公举义群雄聚，再登高、欲穷千里遥遥。远眺落霞，孤鹜共渡迢迢。犹看黛山缀明月，白云琼玉落盐潮。琴韵处，南风赋，且鹤鹭逍遥。

月当厅：双调，一百零一字。前段十句四平韵，后段九句四平韵。

仄仄仄仄平平仄，平平仄仄，平仄平平[韵]。仄仄仄平，平仄仄仄平平[韵]。平仄仄平仄仄，仄平平、仄仄仄平平[韵]。仄平仄，平平平仄，仄仄平平[韵]。

平平仄仄平平仄，仄平平、仄平平仄平平[韵]。仄仄仄平，平仄仄仄平平[韵]。平仄仄平仄平仄，仄平平仄仄平平[韵]。平仄仄，平平仄，仄仄仄平平[韵]。

链接：运城市古称河东，因“盐运之城”而得名。是中华民族的发祥地之一，舜都蒲坂、禹都安邑以及夏的都城均在这里。是三国蜀汉名将关羽的故乡。上古时期就有舜耕历山、禹凿龙门、后稷稼穑、嫘祖养蚕、黄帝战蚩尤等历史传说。有芮城永乐宫，解州关帝庙，永济普救寺鸳鸯塔、万国寺，万荣的飞云楼、秋风楼，稷山的青龙寺，新绛的稷益庙等文物古迹。

鹳雀楼/山西・运城　　李福龙/摄

关帝庙/山西・运城　　李广洁/摄

望春回　咏盐湖

水凝玉蕊，注陌临瀚花，原野初雪。滩露渐霜痕，见晶石琼结。千年盐湖如死海，有谁识、更忆银池洁。古称盐邑，筑城运使，贩之无歇。

悠悠凤凰一阙。算武圣关公，三国传捷。南进九龙山，有烽火遗辙。遥遥舜帝陵尚在，那贤能举任闻天月。解州关帝，名扬四海，享誉威绝。

望春回：双调，一百零二字。前段十句四仄韵，后段十句五仄韵。

仄平仄仄，仄仄平仄平，平仄平仄[韵]。平仄仄平平，仄仄仄平仄[韵]。平平平平平仄仄，仄平仄、仄仄平平仄[韵]。仄平平仄，仄平仄仄，仄平平仄[韵]。

平平仄平仄仄[韵]。仄仄仄平平，平仄平仄[韵]。平仄仄平平，仄平仄平仄[韵]。平平仄仄平仄仄，仄平平仄仄平平仄[韵]。仄平平仄，平平仄仄，仄仄平仄[韵]。

链接：盐湖区古为盐贩之泽，曾置安邑、解县，也称过盐邑、苦城、潞村等，别称凤凰城。是“武圣”关公的故里。运城盐池，亦称盐湖、银湖，是我国最古老的盐池之一，可同闻名于世的以色列死海相媲美，被誉为“中国死海”。自宋、元置转盐运使，遂筑城驻运司，故称“运城”。境内有九龙山自然风景区、舜帝陵庙、解州关帝庙等景点。

盐湖/运城·盐湖　梁铭/摄

解语花　咏河津

黄河峡谷，壁立山崖，惊涛折岩绕。北依山峭。禹门口、水势惊魂险要。万泉齐跳。鳞岛上、殿坡栈道。金碧临、蓝瓦红墙，真武琉璃庙。

皮氏延平古道。且龙门鲤跃，耿国史早。名胜瑰宝。薛仁贵、三箭天山定晓。汾阴塔貌。如宾处、花鼓劲敲。看铝都、煤海茫茫，一曲欢歌笑。

解语花：双调，一百字。前段九句六仄韵，后段九句七仄韵。

平平仄仄，仄仄平平，平◎◎平仄[韵]。仄平◎仄[韵]。◎平◎、◎仄◎平◎仄[韵]。◎平◎仄[韵]。◎◎仄、◎平◎仄[韵]。◎仄平、◎仄平平，◎仄平平仄[韵]。

◎◎◎◎◎仄[韵]。仄◎平◎仄，◎◎◎仄[韵]。◎平平仄[韵]。◎平◎、◎仄◎平◎仄[韵]。平平仄仄[韵]。◎◎仄、◎平◎仄[韵]。◎仄平、◎仄平平，◎◎平平仄[韵]。

链接：河津，因境内有黄河和禹门口而得名。古称耿国、皮氏、延平。黄河峡谷山崖壁立，水势汹涌，惊涛折岩。有黄河三门、真武庙、高禖庙、回音镇风塔、汾阴塔、白虎塔（射雁塔）、薛仁贵寒窑、卜子夏墓、司马迁坟、王通弹琴山、王绩隐居洞、西岳庙、玄帝庙、古舞台、清涧如宾乡、黄河龙门等景点。这里流传着禹凿龙门的优美传说。

真武庙麟岛/运城・河津　　徐小兰/摄

月下笛　咏永济

舜帝城都，黄河曲处，古称蒲坂。登楼望远。鹳雀飞来栖苑。记西厢、缘定一生，月台普救梨花院。那红砖碧瓦，宏堂高塔，殿临河畔。

奇峰迎五老，见夜雨东林，铁牛浮岸。蒲津晚渡，水峪飞湍虹伴。贵妃池、雨阴雪晴，首阳瀑布溪竹羡。柳宗元，质朴文风，绝唱琴韵眷。

月下笛：双调，九十九字。前段十句五仄韵，后段十句四仄韵。

仄仄平平，平平仄仄，仄平平仄[韵]。平平仄仄[韵]。仄仄平平平仄[韵]。仄平平、平仄仄平，仄平仄仄平仄仄[韵]。仄平平仄仄，平平平仄，仄平平仄[韵]。

平平平仄仄，仄仄仄平平，仄平平仄[韵]。平平仄仄，仄仄平平平仄[韵]。仄平平、仄平仄平，仄平仄仄平仄仄[韵]。仄平平，仄仄平平，仄仄平仄仄[韵]。

链接：永济，古称蒲坂，相传为舜帝之都。是"唐宋八大家"之一柳宗元、唐朝"诗佛"王维、绝代佳人杨贵妃的故里。这里有《西厢记》中崔莺莺和张生缘定三生的普救寺，有"欲穷千里目，更上一层楼"的鹳雀楼，有黄河岸边的蒲津渡遗址和铁牛馆，有山川秀丽的五老峰，有"中条第一禅林"万固寺，有扁鹊庙、王官峪、水峪口景区等，更有蒲津晚渡、首阳瀑布、东林夜雨、南风琴韵等"古八景"。

五老峰/运城·永济　杜东明/摄

逍遥乐　咏万荣

欢乐万荣春早。笑话名城，调侃舌如簧巧。笑博之园，笑出精神，笑出新阳高照。口头文妙。万泉来、又合荣河，纵横多少。湿地在西滩，后土神稻。

楼庙秋风辞表。木临飞云构晓。孤峰独成体，峦耸翠，合三教。黄河九曲绕，峨岭虎腾龙啸。隋唐仲淹王勃，文坛齐耀。

逍遥乐：双调，九十八字。前段十一句六仄韵，后段九句五仄韵。

平仄仄平平仄[韵]，仄仄平平，平仄仄平平仄[韵]。仄仄平平，仄仄平平，仄仄平平平仄[韵]。仄平平仄[韵]。仄平平、仄仄平平，仄平平仄[韵]。仄仄仄平平，仄仄平仄[韵]。

平仄平平平仄[韵]。仄平平平仄仄[韵]。平平仄平仄，平仄仄，仄平仄[韵]，平平仄仄仄，平仄仄平平仄[韵]。平平仄平平仄，平平平仄[韵]。

链接：万荣，由万泉、荣河合并而成，是隋末大儒王通（字仲淹）和其孙、“初唐四杰”之首的大诗人王勃故里。有“中华笑城”之誉。万荣笑话博览园由欢乐广场、笑话王国、笑话产业园三大板块组成，是体验、享受笑文化的娱乐场所。孤峰山为全国唯一独体山峰，有“亚洲金字塔”之称。还有李家大院、西滩黄河湿地、后土祠、东岳庙飞云楼、秋风楼、稷王庙等景点。传说万荣是董永的故里。

秋风楼/运城·万荣　　李广洁/摄

满庭芳　咏临猗

今日临猗，古之郇阳，平畴万顷河东。中条南倚，太岳叠峦峰。小麦棉花林果，三大业、全省称雄。峨嵋岭，台垣黄土，雨后看飞虹。

雁环双塔寺，日凝妙道，月影凌空。古墓群，银棺唐柏奇融。元代大堂凝重，朱盆器、珍世精工。三弦起，一声眉户，享誉映山红。

双塔/运城·临猗　王平娥/摄

满庭芳：又名锁阳台、满庭霜、潇湘夜雨、话桐乡、江南好、满庭花、转调满庭芳。双调，九十五字。前后段各十句，四平韵。

◎仄平平，◎平◎仄，◎平◎仄平平[韵]。◎平◎仄，◎仄仄平平[韵]。◎仄◎平◎仄，◎◎仄、◎仄平平[韵]。◎平仄，◎平◎仄，◎仄仄平平[韵]。

◎平平仄仄，◎平◎仄，◎仄平平[韵]。仄◎◎，◎平◎仄平平[韵]。◎仄◎平◎仄，◎◎仄、◎仄平平[韵]。平平仄，◎平◎仄，◎仄仄平平[韵]。

链接：临猗古称郇阳，由临晋、猗氏合并而成。西临黄河，东望太岳，北屏峨嵋岭，南面中条山，是传统的农业大县，形成了小麦、棉花、林果三大生产基地。有春秋猗顿古墓、战国车马坑、唐柏、宋代银棺、朱书盆器、元代大堂等文物古迹。隋唐双塔以“日月交影”而远近闻名，此处历为寺院，先后名为妙道寺、双塔寺、雁塔寺。独特的眉户戏多次获全国“映山红”民间戏剧节大奖。

玉漏迟　咏稷山

越高凉古县，稷王稼穑，南山耕早。登顶玉皇，远眺峨嵋台垴。精湛青龙壁画，大佛寺、土崖雕妙。寻故道。玉璧城址，又临王庙。

名家神笔梁纲，并文在探花，似群星耀。裴相姚臣，明月银空如皎。汾水长流不息，孔夫子、圣光灵照。甜板枣。麻花不知多少。

玉漏迟：双调，九十四字。前段十句五仄韵，后段九句五仄韵。

◎平平仄仄，◎平◎仄，◎平平仄[韵]。◎仄◎平，◎仄◎平平仄[韵]。◎仄平平◎仄，◎◎◎、◎平平仄[韵]。平仄仄[韵]。◎◎◎◎，◎平平仄[韵]。

◎◎◎仄平平，◎◎仄平平，仄平平仄[韵]。◎仄◎平，◎仄◎平平仄[韵]。◎仄◎平◎仄，◎◎仄、◎平平仄[韵]。平仄仄[韵]。◎◎仄平平仄[韵]。

链接：稷山，古称高凉。境内有玉皇顶、稷王山、峨嵋台等山峰。中国农业始祖、“五谷之神”后稷曾在此教民稼穑，有全国最大的祭祀后稷的庙宇——稷王庙和稷王山、稷王塔等。文物古迹还有青龙寺、宋金墓群、大佛寺、夫子庙等。历史上曾出现唐朝名相裴耀卿，元初名臣姚天福，明代书法家、“神笔”梁纲，清代钦点“探花”王文在等。有板枣、麻花、烧饼等特产和“倒悬花鼓”等民间艺术。

青龙寺壁画/运城·稷山　　管喻/摄

绛守居园池/运城·新绛　　梁铭/摄

惜红衣　咏新绛

古置汾城，长修故邑。绛州雄迹。玉壁沧桑，寻君府园宅。三楼鼎立，卧牛城、临川依碧。风笛。碑篆塑悬，听钟声消息。

天池鹭集。宝塔琼凌，三关五坊逸。遥遥秸益画壁。鼓台击。秦王一声擂响，破阵势来无敌。问春牛年画，精湛版雕承脉。

惜红衣：双调，八十八字。前段十句六仄韵，后段九句六仄韵。

仄仄平平，平平仄仄[韵]。仄平平仄[韵]。◎仄平平，平平仄平仄[韵]。平平仄仄，◎◎◎、平◎平仄[韵]。平仄[韵]。◎仄◎平，◎平平平仄[韵]。

平平仄仄[韵]。◎仄平平，平平仄平仄[韵]。平平◎仄仄仄[韵]。仄平仄[韵]。◎平仄平平仄，◎仄◎平平仄[韵]。仄◎平平仄，平仄◎平平仄[韵]。

链接：新绛，古称汾城，又改绛州。曾置长修故城，再徙玉壁。古城原为“卧牛城”。有建造时间最早的官家园林绛守居园池、大唐名将张士贵的“帅府堂”绛州大堂、龙兴寺内的唐代宝塔、唐代碧落碑、金代天德三年（1151）铸造的万斤巨钟、哥特式天主教堂、福胜寺、稷益庙壁画、龙兴寺以及“绛州三楼”等。有以花敲干打著称的绛州鼓乐、绛州木版年画等传统文化。

舞杨花 咏夏县

夏王辟地开天起，犹见大禹疏航。岁月悠悠，通九曲山梁。建都城邑定华夏，祖文明、远古流长。司马著鉴之光。照耀龙脉呈祥。

烟景瑶台晓月，望中条横卧，堤外莲塘。飞壁险崖，惊瀑布银廊。堆云洞里看红叶，黑龙潭、温峪寒霜。康杰播种朝阳。再铸明日辉煌。

舞杨花：双调，九十八字。前段八句五平韵，后段九句五平韵。

仄平仄仄平平仄，平仄仄仄平平[韵]。仄仄平平，平仄仄平平[韵]。仄平平仄仄平仄，仄平平、仄仄平平[韵]。平仄仄仄平平[韵]。仄仄平仄平平[韵]。

平仄平平仄仄，仄平平平仄，平仄平平[韵]。平仄仄平，平仄仄平平[韵]。平平仄仄仄平仄，仄平平、平仄平平[韵]。平仄仄仄平平[韵]，仄仄平仄平平[韵]。

链接：夏县，古时称为安邑，因我国奴隶社会第一个王朝——夏朝在此建都而得名。相传是嫘祖养蚕、大禹建都之地。战国时魏国也曾在此建都，号称“华夏第一都”。有司马光祖墓、禹王城遗址、堆云洞、泗交生态旅游区、温泉度假村、瑶台风景区、秦王寨、五龙庙、黑龙潭、三联洞、飞壁崖、银洞沟、温峪泉瀑布等旅游景点。是革命家嘉康杰的故里。

司马光祠之碑亭/运城·夏县　　徐小兰/摄

琐寒窗　咏绛县

古绛春秋，唐尧故里，晋文公墓。修城筑邑，汾浍两河平原去。设县初、天下第一，渊源绛老尊朝暮。正发祥文化，车厢遗迹，凤飞龙舞。

寒暑。云烟处。见胜迹沸泉，紫云殿宇。朱檐碧瓦，翠竹园林琼树。小沉香、救母劈山，东华远落寻壁古。独木雕、卧佛金身，伴龙岩风雨。

琐寒窗：又名锁寒窗。双调，九十九字。前段十句四仄韵，后段十句六仄韵。

仄仄平平，平平仄仄，仄平平仄[韵]。平平仄仄，◎仄◎平平仄[韵]。仄◎平、◎◎◎◎，◎平◎仄平平仄[韵]。仄◎平◎仄，◎平◎仄，仄平平仄[韵]。

平仄[韵]。平平仄[韵]。仄◎仄◎◎，仄平◎仄[韵]。平平◎仄，仄仄◎平平仄[韵]。仄◎平、◎仄◎平，◎◎仄仄平◎仄[韵]。仄◎平、◎仄平平，仄◎平◎仄[韵]。

链接：绛县，史称古绛，“春秋五霸”之一的晋文公曾在此建都，留下了车厢城、晋文公墓、晋献公墓、晋灵公墓等诸多遗迹。这里是晋国设置的第一个“县”，称为“天下第一县”。有太阴寺、释迦牟尼独木雕像等文物古迹和沸泉龙岩洞、东华山省级森林公园等旅游景点。是唐尧故里，尧文化和龙舞文化发祥地之一。传说东华山是小沉香“劈山救母”时，巨斧砍下，山峰开裂形成的。

金龙吐艳/运城·绛县　　梁铭/摄

倦寻芳　咏芮城

魏城故国，雄踞河阳，紫气凝秀。渡汇三河，流水北来东走。卧条山，临三角，湖泊圣天高原守。看双桥，似飞虹静挂，风陵弦奏。

古遗址，清凉寿圣，宋塔城隍，元殿依旧。永乐神宫，壁画技高星斗。绝艺三清传世厚。水声秋谷晨钟诱。同举杯，醉一壶、洞宾仙酒。

倦寻芳：又名倦寻芳慢。双调，九十六字。前段十一句四仄韵，后段十句五仄韵。

仄平仄仄，平仄平平，仄仄平仄[韵]。仄仄平平，平仄仄平平仄[韵]。仄平平，平平仄，仄平仄仄平平仄[韵]。仄平平，仄平平仄仄，平平平仄[韵]。

仄平仄，平平仄仄，仄仄平平，平仄平仄[韵]。仄仄平平，仄仄仄平平仄[韵]。仄仄平平平仄仄[韵]。仄平平仄平平仄[韵]。仄平平，仄平平、仄平平仄[韵]。

链接：芮城殷商时属方国，称“芮国”，西周初分封诸侯，武王封姬姓子弟于此，称魏国，今县城北有魏城遗址。城西北隅有唐代建筑五龙庙，南部有1959年从古永乐镇迁建的、国内外闻名的元代艺术宝库永乐宫，内有13世纪的壁画、彩画及雕塑等艺术精品。这里是道教“八仙” 之一吕洞宾的诞生地。还有三清殿、纯阳殿、城隍庙、寿圣寺、大禹渡等。风陵渡为黄、渭、洛三河交汇之处。

永乐宫壁画/运城·芮城　王俊彦/摄

商汤王庙/运城·闻喜　　刘宝平/摄

秋兰香　咏闻喜

汉武巡游，南越大捷，闻临喜讯呈祥。千秋留左邑，天宇蕴桐乡。帝言赐、从此御名扬。北塬秋柿橙黄。鹤楼照、岭丘披绿，董泽荷香。

远眺谷流沟壑，见涑水环清，玉带风光。后宫垣、旖旎景徜徉。裴祠尽芬芳。黄土紫金，园秀林杨。数宰相、红山文化，煮饼悠长。

秋兰香：双调，九十六字。前后段各九句，五平韵。

仄仄平平，平仄仄仄，平平仄仄平平[韵]。平平平仄仄，平仄仄平平[韵]。仄平仄、平仄仄平平[韵]。仄平平仄平平[韵]。仄平仄、仄平平仄，仄仄平平[韵]。

仄仄仄平平仄，仄仄仄平平，仄仄平平[韵]。仄平平、仄仄仄平平[韵]。平平仄平平[韵]。平仄仄平，平仄平平[韵]。仄仄仄、平平平仄，仄仄平平[韵]。

链接：闻喜，汉武帝外巡途经左邑桐乡，闻平南越大捷之喜讯，遂改名为“闻喜”。传说董泽湖即为龙的故乡，《左传·昭公二十九年》记载董父豢龙的地方就是此地。现有董父庙遗址、过仙桥旧迹、并蒂莲石碑等。闻喜县礼元镇裴柏村被称为“中华宰相村”，这里的裴氏祠堂又称晋公祠。汤王山险壮奇美，堪称“人间仙境”。还有文庙、西湖公园等景点。闻喜煮饼闻名于世。

赏松菊　咏垣曲

悠悠亳城白水远，古有亘方侯地。岭环水绕，伴黄河南济。皇姑幔上梳妆，望仙瀑、泉流碧坠。叠三潭，看琼花吐玉，绿溪凝翠。

画卷丹云紫气。韵清幽、听莺啼灵脆。小浪底春燕，掠晴空飘袂。舜帝躬耕毓野，大河峡、林深显瑞。觅山珍，见猴头，香溢漫醉。

赏松菊：双调，九十四字。前段九句四仄韵，后段九句五仄韵。

平平仄仄平平仄，仄仄仄平平仄[韵]。仄平仄仄，仄平平平仄[韵]。仄仄平平仄仄，仄平仄、平平仄仄[韵]。仄平平，仄平平仄仄，仄平平仄[韵]。

仄仄平平仄仄[韵]。仄平平、仄平平平仄[韵]。仄仄仄平仄，仄平平平仄[韵]。仄仄平平仄仄，仄平仄、平平仄仄[韵]。仄平平，仄平平，平仄仄仄[韵]。

链接：垣曲，商周为亘方，战国魏地称垣，西汉称垣县，东汉、魏晋时为东垣。北魏改名白水县，北周改为亳城县，隋复称垣县，宋代始称垣曲县。史传“舜耕于历山”，历山南有皇姑幔，传为舜妻娥皇、女英梳妆处。望仙瀑布位于望仙村，传说当年尧帝访贤途经此地，得知舜在历山耕种，遂向着历山方向久久望去，故得名“望仙”。有王茅溶洞、大河峡谷、三潭瀑布风景区等。

家园/运城・垣曲　张保国/摄

石湖仙　咏平陆

黄河滩浦。览群岭奇峰，形胜川处。犹峡谷三门，铁码头、茅津古渡。依山临水，影积翠、客游留语。相府。看傅岩、拱斗檐举。

唐遗石崖栈道，白天鹅、凌寒起舞。砥柱鸣澜，湿地葱茏琼树。夜月金鸡，叶红秋暮。涧林桃絮。春色顾。龙潭妙韵邀旅。

石湖仙：双调，八十九字。前后段各九句，六仄韵。

平平平仄[韵]。仄平仄平平，平仄平仄[韵]。平仄仄平平，仄平平、平平仄仄[韵]。平平平仄，仄仄仄、仄平平仄[韵]。平仄[韵]。仄仄平、仄仄平仄[韵]。

平平仄平仄仄，仄平平、平平仄仄[韵]。仄仄平平，仄仄平平平仄[韵]。仄仄平平，仄平平仄[韵]。仄平平仄[韵]。平仄仄[韵]。平平仄仄平仄[韵]。

链接：平陆，夏朝和周朝时称为虞国，西汉置县，先后名乐平县、中都县、汶阳县、汶上县等。地处秦、晋、豫黄河金三角地带。茅津渡，有“铁码头”之称，与风陵渡、大禹渡并称为“黄河三大古渡”。境内有三湾村白天鹅栖息地、傅相祠、黄河古栈道等景点。有“古八景”：竹林晓钟、沙涧桃林、箕山夕照、金鸡月夜、傅岩霁雪、闲田春色、中流砥柱、茅津晚渡。

天鹅/运城·平陆　　梁铭/摄

图书在版编目(CIP)数据

晋风词韵 / 梁大智著. — 太原：山西人民出版社，2013.6

ISBN 978-7-203-08205-7

Ⅰ. ①晋… Ⅱ. ①梁… Ⅲ. ①词牌—作品集—中国—当代 Ⅳ. ①I227.8

中国版本图书馆 CIP 数据核字(2013)第 132892 号

晋风词韵

策　　划：陈玉龙　李广洁
著　　者：梁大智
主 摄 影：梁　铭
责任编辑：张建英　蔡咏卉
装帧设计：柏学玲

出 版 者：**山西出版传媒集团·山西人民出版社**
地　　址：太原市建设南路 21 号
邮　　编：030012
发行营销：0351-4922220　4955996　4956039
0351-4922127（传真）　4956038(邮购)
E-mail：sxskcb@163.com　发行部
sxskcb@126.com　总编室
网　　址：www.sxskcb.com

经 销 者：**山西出版传媒集团·山西人民出版社**
承 印 者：山西太报传媒有限公司

开　　本：787mm × 1092mm　1/16
印　　张：18.5
字　　数：200 千字
印　　数：1—3000 册
版　　次：2013 年 6 月　第 1 版
印　　次：2013 年 6 月　第 1 次印刷
书　　号：ISBN 978-7-203-08205-7
定　　价：90.00 元